愛の色いろ

奥田亜希子

中央公論新社

愛の色いろ

1
良成

　髪を切った帰り道は心細い。裸、とまでは言わなくとも、服を脱ぎかけた状態で街をうろついているみたいな気分になる。頭が軽くなったからか、見慣れた道が妙によそよそしい。「かなり短くしたので、風邪をひかないでくださいね」と、担当してくれた華《はな》さんも言っていた。髪の毛には意外と防寒機能があるそうだ。防御力が下がったことには違いない。

　目線を上げても自分の頭は見えない。ただ、いくつもの雨粒がビニール傘を目がけて落ちてくるのが分かる。ぼとぼとと響く音は、頭蓋骨の内側に水を直接垂らされているみたいだ。傘が傾きすぎないよう注意しながら、ドラッグストアの角を曲がる。珍しく通りに人気がない。うめ屋の行列が、今日はやけに短かった。そういえば、伍郎《ごろう》さんが絶賛するこの店のたい焼きを、僕はまだ食べたことがない。たい焼きは僕にとって、存在感の薄い食べもののひとつだ。明日地球から消えたとしても、半年間は気づかないような気がする。

四番目か、と思いながら、二人でひとつの傘に入っている親子の後ろに並んだ。伍郎さんにふたつ、僕がひとつ、千瀬《ちせ》ちゃんにも一応ひとつで、黎子《れいこ》さんのぶんはどうしよう。前に、「餡《あん》こは少ししか好きじゃない」と言っていたな。美味《おい》しいのは一口目だけらしい。黎子さんの、たくさんはいらないシリーズには、ほかにもピザや焼きそばなどがある。「良成《りょうせい》、これ残り食べない?」と、デートの際にカルボナーラを押しつけられたこともあった。僕もボロネーゼを一人前食べたあとだったから、胃がかなりもたれて、映画を観ている間中、気持ちが悪かった。

濡れたアスファルトが銀色に照っている。九月なのに肌寒い。うめ屋の通りに面した壁は一部がガラス張りで、そこからおじさんがたい焼きを作っている様子を見ることができた。中は暑いのか、おじさんの白衣は半袖だ。左胸に、うめ屋、と赤い糸で刺繍《ししゅう》されている。僕の前に立つ男の子が齧《かじ》りつくように店の中を覗《のぞ》いていた。

「ガラスには触っちゃだめだよ、熱いから」

母親らしき女の人が声をかけたけれど、返事はない。男の子の年齢は、推定六、七歳。平太《へいた》も今、こういう感じなのだろうか。これくらいの大きさで、親との距離感はこれくらいで、雨の日はこれくらい足もとを濡らして。男の子のスニーカーは、赤と黒を基調とした強そうな色合いのもので、赤は女の色という時代はとっくに終わったんだなあ、と思った。

幼い子どもを見ると、平太を連想せずにはいられないことが苦しかった時期もある。でも、「しゃっくりやあくびみたいなものだから」と黎子さんに言われてからは、あまり気にならなくなった。生理現象とは、生きていくために必要不可欠な身体の働きのこと。オンライン辞書で調べた。父親が息子を思い出すのは、真っ当すぎるくらいに真っ当な生理現象だと思う。あくびやおならや、排便並みに。

鉄板には魚型の窪《くぼ》みが並んでいる。その前に立つおじさんは、伍郎さんより十ほど年上だろうか。六十代前半くらいに見える。手慣れているどころか、反射運動みたいな手つきで液状の生地をそこに注ぎ、竹べらで餡こを盛っていく。おじさんの顔には表情がない。愛想もない。好奇心に溢《あふ》れた男の子の視線も、一切無視だ。店をわざわざガラス張りにした意味を尋ねたくなる。

右から三列ぶんが先に焼き上がったらしい。おじさんは素手で鉄板からたい焼きを剝がすと、金魚すくいの達人のようなリズムで、次々とトレイに移していった。

「火傷《やけど》しないの？」

振り返って尋ねる男の子に、母親が、

「指の皮が厚いんじゃない？」

と答える。

「皮って厚くなるの？」

「毎日熱いものを触っていると、段々ね」

男の子は分かったような分からないような顔で頷《うなず》いた。

今度は焼き上がったたい焼きを販売するターンに入ったようだ。前掛けで手を拭きながら、おじさんがレジの前に移動した。店員がせめてあと一人いれば、だいぶ効率が上がるだろうに。列が動き始める。今、トレイにあるぶんで間に合うだろうと呑気《のんき》に構えていたけれど、二番目のおばさんが箱詰めで大量に購入したため、残りは早くも八つになった。どうしよう。次の焼き上がりを待つことは、できれば避けたい。しかし、前の親子も「パパとじいじとばあばのぶんも」と五つ注文して、あとみっつ。

「あ……えっと、みっつください」

伍郎さんのふたつ目と、黎子さんのぶんは諦めた。

「七百五十円です」

おじさんは僕と目も合わさない。でも、喋《しゃべ》り方が静かで淡々としているため、向かい合うと、案外不快感はなかった。声に感情がないのは、意識が閉じているからだろうか。なんだか人を人として見ていないような気がする。おじさんはたい焼きを製造し、販売する機械としてそこにいるのかもしれない。ふと、そんなことを思った。

右手で傘を差し、持ち手にうめ屋の袋を引っかける。小学生のころ、雨の日は給食当番のエプロンや体操着、上履きを入れた袋を、こんなふうに傘にぶら下げて家に帰った。歩くと荷物が振り子のように揺れて、傘のバランスが取りづらくなる。それが楽しかった。友だちとジャンケンして、負けたほうが相手の持ちものを引き受けなければならない。そんなルールもあった。

たい焼きが紙袋の中で湿気《しけ》らないよう、歩調を速める。信号機の手前でさっきの親子に追いついた。

「お客さん、少なかったね」

「今日は雨だったから」

「たい焼きじゃなくてさ、さめ焼きとかくじら焼きにしたほうがもっと子どもにも人気でるんじゃない？」

「たい、いいじゃない。おめでたいのたいだよ」

真剣な男の子の横顔と、呆《あき》れたような母親の声。歩行者信号が青に変わる。僕は横断歩道を早足で渡り、二人をすばやく追い抜いた。


「ただいま」

「おかえりなさーい」

声の返ってきた方向から、伍郎さんがリビングにいることは分かった。まあ、この人は家にいるほとんどの時間をリビングで過ごしている。「人の気配が感じられるのがいいんだよね」ということらしい。このシェアハウスを始めたのも、そのあたりが理由なのだろうか。僕は湿ったスニーカーを脱いで、廊下を奥に進んだ。伍郎さんの部屋とトイレの前を通り過ぎ、突き当たったところがリビングダイニングだ。伍郎さんはソファに座り、ノートパソコンの画面を見つめていた。伍郎さんは機械類が好きだ。僕の仕事にも興味を持っている。

「あ、さっぱりしたね」

振り返った伍郎さんは、銀縁の老眼鏡をかけていた。顎《あご》を引き、上目遣いに僕を見る目が、昔、海苔《のり》の佃煮《つくだに》のＣＭに出ていたキャラクターに似ていた。細面で鼻が大きいところもそっくりだ。

「お」

伍郎さんが嬉《うれ》しそうに僕の右手を指差した。

「うめ屋？」

「はい。おやつにちょうどいいかなと思いまして」

「嬉しいね。並んだでしょう」

「それが、たまたま空《す》いてたんですよ。雨だったからですかね。よかったら温かいうちに食べませんか？　千瀬ちゃんは？　まだ寝てるのかな」

「自分の部屋にいるはずだよ。さっきコーヒーを淹《い》れてたから、起きているとは思うけど」

伍郎さんはシャツの胸ポケットに老眼鏡を収め、ノートパソコンを閉じた。そのまままいそいそと廊下に出て、声を張り上げる。

「千瀬さーん、良成くんがたい焼きを買ってきてくれたよー」

千瀬ちゃんは間もなく二階から下りてきた。大きめのパーカにジーンズという、見慣れた格好だ。短い髪の後ろのほうが、外向きに跳ねている。僕の顔を見るなり、千瀬ちゃんはまず「頭」と呟《つぶや》き、それから、「切った？」と尋ねた。

「頭は切ってないよ」

「知ってる」

「ごめんごめん」

やや顔をしかめて俯《うつむ》いた千瀬ちゃんの肩を、慌てて擦《さす》る。細い。昆虫の足に触れているような気分に駆られるほど、千瀬ちゃんは華奢《きゃしゃ》だ。特に胸から腹にかけての薄さには、抱き合うたびに驚かされた。あばら骨が浮き出ていて、とにかく厚みがない。黎子さんも細いほうだと思うけれど、要所要所はしっかり肉がついている。これがガリガリと呼ばれる体型かと、初めて千瀬ちゃんの裸を見たときには驚いた。彼女自身もコンプレックスに思っているようで、一年を通して長袖を着ている。夏場も特に辛くはないらしい。

「うめ屋のたい焼き、千瀬さんは食べたことある？」

僕から袋を受け取り、伍郎さんが尋ねた。

「どこ？」

「駅の東口を出て、大きな整形外科がある角を右に曲がって……。古い店なんだよ。もう三十年はやってるんじゃないかな」

「スキャットに行く途中にあるよ」

美容室の名前を出すと、千瀬ちゃんも分かったようだ。

「食べたことない」

「美味《おい》しいよ。餡この粒が大きくて、ぎっちり詰まってて。今、準備するから、良成くんも座って待っててよ」

伍郎さんの言葉に甘えて、ダイニングテーブルに腰を下ろした。僕の正面が伍郎さんで、隣が千瀬ちゃん、千瀬ちゃんの向かいが黎子さんと、席はなんとなく決まっている。誰かを所有すること、誰かに所有されることからの解放を目指して、僕たちはこの家に辿《たど》り着いたはずだ。少なくとも、僕はそう。誰も自分のものにしたくないし、僕も誰のものにもなりたくない。それなのに、ダイニングテーブルにすら、自分の定位置を作ってしまうところがおかしい。

キッチンカウンターの向こうで、伍郎さんが動き回っている。「表面をぱりっとさせるね」と、たい焼きはトースターで温め直し、そのあいだにやかんで湯を沸かす。細い口から立ち上る蒸気に、調理台に皿が並ぶ音。学生時代にアルバイトをしていた喫茶店を思い出した。トースターの内側が赤く激しく光っている。

伍郎さんが淹れてくれたのは、ほうじ茶だった。香ばしい香りが漂ってくる。湯呑みと皿をテーブルに運び、伍郎さんも席に着いた。たい焼きが載った皿は、黎子さんが好きな北欧ブランドのものだ。和菓子には不似合いかと思いきや、そうでもなかった。型を存分にはみ出したバリだらけのたい焼きが、コントラストのはっきりした絵柄によって、むしろ小洒落《こじゃれ》て見えてくる。

「いただきます」

「どうぞ。ほら、千瀬ちゃんも食べて」

「うん。いただきます」

三人同時にかぶりついた。僕と伍郎さんは頭から、千瀬ちゃんは尻尾から。口内がたちまち熱で溢れた。香ばしい皮に包まれていた餡こが、唇や舌を溶かしていく。熱い。でも美味《うま》い。小豆《あずき》の食感がいい。「やっぱり美味しいねえ」と伍郎さんは破顔し、千瀬ちゃんも無言で口を動かしている。少し寄り目になって手の中のたい焼きを凝視しているから、気に入ったのだろう。千瀬ちゃんの感情は、言葉よりも顔や仕草によく表れる。

「美味しい？」

「うん」

案の定、深々と頷いた。

「あ、そうだ。すみません、黎子さんのぶんが買えなかったんですよ」

半分ほど食べたところで思い出し、伍郎さんに詫《わ》びた。黎子さんとの付き合いにおいては、僕よりも伍郎さんのほうに優先権がある。それは好きな気持ちの大きさを反映したルールではなく、付き合いを円滑に進めるために生まれた、緩やかなマナーのようなものだ。赤信号で止まることよりも、列に割り込ませてもらったときに、後続車にハザードランプで礼を告げることに近い。

伍郎さんは顔の前で手を振った。

「いいよいいよ、黎子はたい焼きは食べないから」

「そうなんですか」

「大判焼きなら、半分くらいは食べるんだけどね」

「へえ。僕には同じようなものに思えるんですけど」

「ね。なにが違うんだか」

伍郎さんが首を捻《ひね》る。黎子さんとは約十四年の付き合いになる彼にも、ぴんとこないらしい。そもそも黎子さんには、自分ルールが多すぎるのだ。「これを使うと自分の言葉じゃなくなっちゃうから」と、スマホの予測変換機能を使わない人を、僕はほかに知らない。

「形ですかね。魚の形が嫌だとか」

「やっぱりそういうことなのかな。味は同じだもんね」

僕と伍郎さんがゴールの見えない会話をしていると、隣で千瀬ちゃんが呟いた。

「ナイゾウだから」

「えっ」

一方、僕と千瀬ちゃんは、交際を始めて来月で一年半になる。黎子さんと僕の交際歴は二年だから、恋人として過ごしてきた年月は、千瀬ちゃんのほうが少し短い。でも僕たちは、互いを第一パートナーにと決めたカップルだ。それなりの深さで交際してきたと思う。彼女の唐突さ、言葉足らずなところにもだいぶ慣れた気がしていたのに、ナイゾウの意味は理解できなかった。

「ナイゾウって？」

「胃とか腸とか」

「ああ、その内臓か。たい焼きは魚の形をしているから、餡こが内臓ってこと？」

「うん」

「そうか。黎子はレバーとかモツとか嫌いだから」

伍郎さんがすっきりとした顔で頷く。僕も遅れて理解した。

「黎子さん、かなりの偏食家なのに、よく飲食店を始めようと思いましたよね」

「偏食家だからこそ、自分の好きなものしか出てこない店をやりたかったみたいだよ」

「あー、なるほど」

デイブレイクの料理は地味だ。野菜中心で、胡麻《ごま》や海藻がやたらに使われていて、味も薄い。酒の肴《さかな》としてはもの足りないような気がする。でも、なにを注文しても美味しくて、スナックでありながら客の半分が女性というのは、黎子さんのキャラクターだけが理由ではないだろう。

「ごちそうさまでした」

いつの間にか、千瀬ちゃんの皿は空になっていた。丸々ひとつは食べきれないかもしれないと思っていたけれど、よほど口にあったようだ。千瀬ちゃんは満足げに息を吐くと、胃のあたりをひと撫《な》でして、

「スキャットの近くか。私も今度寄ってみようかな」

「行列ができてるから、すぐに分かると思うよ。店構えも古くて、いい味出てるんだ、これが」

「店のおじさんがちょっと無愛想だけどね」

僕が付け足すと、伍郎さんは小さく苦笑した。

「ああ、旦那さんのほうね」

「えっ、奥さんもいるんですか？」

「ときどき店に出てるよ。奥さんはもう少し愛想がいいんだけど」

伍郎さんは啜《すす》るようにほうじ茶を飲んだ。窓の外は、まだ雨が降っている。時折強く風が吹いて、固い豆をばらまいているような音が響いた。雨水が窓ガラスをだらだらと流れていく。

「あそこの夫婦、遺産相続で急に大金が手に入って、それからいろいろ大変だったらしいよ。もう二十年前の話かな。それですっかり人間不信になっちゃったんだって」

この街で長く不動産業を営んでいる伍郎さんは、さすがの事情通だ。

「遺産相続ですか」

僕はたい焼きの最後の欠片《かけら》を飲み込んだ。小麦粉と餡このねっちりした塊が、食道をゆっくりと下っていく。すぐにでもほうじ茶を流し込みたい気持ちと、胸が詰まるようなこの感覚をもう少し味わいたい思いがせめぎ合う。結局、ほうじ茶を一口飲んだ。

「大金が手に入ったのに、旦那さんはなんでまだ店を続けてるんですかね」

たい焼きに命を懸けているようには見えなかった。おじさんは、本当に淡々とたい焼きを作っていた。客が雨の中を並んでいることに、感謝の素振りも見せなければ、申し訳なく思っているような様子もなかった。

「確かにね。良成くんは、大金が手に入ったらどうする？　会社を辞める？」

「辞めますよ」

即答した。大学卒業後、十年間勤務している今の会社に、ある程度の情は感じているものの、忠誠心の類《たぐ》いは抱いていなかった。徹夜でプログラムを打ち込んだり、客の無茶な注文に振り回されたり、不具合の原因を探して修正したりする日々は、選べるのならば送りたくない。あまりに過酷だ。

「でも、なにか仕事はするような気がしますね。給料の額は考えないで、とにかく楽な仕事を」

「それはどうして？」

伍郎さんの背筋が伸びる。テーブルの上で両手を組んで、ああ、これは議論に備えているときの姿勢だ。このシェアハウス自体に規則はない。私物には必ず名前を書くとか、二十二時以降は風呂を使ってはいけないとか、そういう細かなルールはひとつも設けられていない。不都合や問題が生じたときには、必ず話し合って解決すること。入居前に念押しされたのは、この一点のみ。相手ときちんと話すことは、複数愛に生きたい人間にとっての生命線なのだ。

「働かずに生きていくには、死ぬまでの時間が長すぎるじゃないですか。やらなきゃいけないことがなにもないっていうのも、ちょっと寂しいというか」

伊都子《いつこ》と離婚問題で揉《も》めていた時期、僕がおかしくならずにすんだのは、仕事のおかげだ。そう確信している。明日も仕事だと思うからこそ、夜は眠くなくてもベッドに入り、そうすれば多少はうとうとできた。通勤時に日の光を浴びて、同僚に誘われることで食事も摂れた。なにより、自分は正常だと思えたことが大きかった。自分は業務をこなし、仲間とも意思疎通が図れている。だから、僕は大丈夫。そう信じられた。あのころ、社会との接点がなかったらと思うと、ぞっとする。伊都子が真顔で吐《つ》く嘘に、早々に取り込まれていたかもしれない。

「伍郎さんは？　仕事、辞めますか？」

「もちろん続けるよ。会社は我が子みたいなものだからね。人数は少ないとはいえ、従業員に対する責任もあるし、先代への義理もある。途中で放り出せないよ。黎子も店は畳まないんじゃないかな」

「千瀬ちゃんは？」

「なにもしない」

「へえ。今と同じように暮らすってこと？」

意外だな、と続けようとしたところで、

「違う。仕事を辞めて、なにもしない毎日を送る」

両手で包んだ湯呑みの中を、千瀬ちゃんはじっと覗き込んでいる。伏せられた瞼《まぶた》の丸みは柔らかく、口もとは少し緩んでいた。もしかしたら、大金持ちになったところを想像しているのかもしれない。彼女から、歯科助手の仕事について愚痴を聞いたことはないけれど、社会に積極的に関わりたい性格でないことは確かだった。

「若いなあ」

伍郎さんが目を細めた。

「なにもしないって、若い？」

「若さだよ。社会との接点が薄くなることに不安がないのも若さだし、なにもしないことを楽しむには体力がいるって、分かっていないのも若さ。さすがは千瀬さんだね」

「もう二十六歳なのに？」

千瀬ちゃんが唇を尖《とが》らせる。そんなふうに、若いと言われてむっとできるのも若さだろう。年齢を誇れるうちが子どもで、若いと言われて苛立《いらだ》ちを覚え始めたら若者で、若さを眩《まぶ》しく感じるようになったら大人。だとしたら、僕は離婚を経験してようやく大人になったのかもしれない。最近は、結婚に夢を抱いている若者を前にすると、その魂が放つ光に目が潰れそうになる。

「いやあ、二十六歳は若いよ。僕のちょうど半分だからね」

「年は、半分とか倍とかできないよ」

千瀬ちゃんが珍しく強い調子で言う。「そうか。そうかもしれないね」と伍郎さんが頭を掻《か》きながら笑う。僕は黙ってほうじ茶を啜った。二十六歳。僕が伊都子と結婚した年だ。だからなにということはないけれど。

2 黎子

電子レンジを信じていない。正確には、自動で温めてくれる機能を疑っている。ほら、これがあなたの適温でしょう？　と押しつけてくるところが、どうにも傲慢に思えてならない。私の適温は私のもの。ぬるいも吹きこぼれたも、すべて引き受けたい。

だから、私は誰に笑われても、手動で時間をセットしている。このマグカップに冷蔵庫から出したばかりの牛乳を八分目まで注いだ場合は、熱々まで二分四十秒。この茶碗で冷凍ご飯を解凍するときは、三分二十秒。こんなふうに、しょっちゅう温めるものについては、だいたい頭に入っている。

真夜中に一人きりのキッチンで、電子レンジの中を覗くのは好き。「電磁波が危ないよ」と伍郎は顔をしかめるけれど、そんなもの、信じなければ存在しないのと同じだ。わざとらしいほど穏やかな光も、ぶーんと低く唸《うな》る音も、妙に気持ちがいい。ターンテーブル式だった先代とは違い、今の電子レンジは稼動しているあいだも容器を回さないけれど、それでもじっと見つめていると、気に入っている北欧ブランドのマグカップから、少しずつ湯気が立ち上るのが分かった。

「……ふう」

今日は忙しかった。雨で、週の真ん中の水曜日で、私はもう十年あの店をやっていて、でも、年に数回はそういう経験則が丸っきり意味を失うから、客商売は不思議だ。私は常連客の相手をせざるを得なくて、わざわざ栃木から来てくれた女の子とあまり話せなかったことが、返す返すも悔しい。名前はミサキちゃん。「また来ます」と言ってくれたけれど、どうかな。ボブカットには厚みがあって、水張りしたみたいな肌だった。まだ大学生かもしれない。

電子レンジの小窓には、ハリどころか精気を失った女の顔が映り込んでいる。乱れた髪と、崩れた化粧と、垂れた頰と、そこだけ力強い法令線《ほうれい》と。散々働いて、酔って帰ってきた四十四歳の顔が美しいわけがない。分かっていても、あまりのみすぼらしさにちょっと笑ってしまう。

電子レンジの残り時間が、1から0に変わった。メロディが流れ出す寸前でドアを開ける。伍郎も良成も千瀬ちゃんも自分の部屋で寝ているはずだから、音が鳴ったとしても、たぶん起きない。でも、夜中に響く電子メロディはちょっと攻撃的で、私自身、あまり好きではないから、なるべく鳴らさないように気をつけていた。

マグカップに口をつける。黒糖を少し溶かしたホットミルクは、関節以外のところで骨が曲がりそうなほど、味が柔らかい。私は蜂蜜が好きではなくて、それは後味が金属に似ているからなのだけれど、賛同者には出会えていない。

伍郎はよく、「黎子は嫌いなものがたくさんあるね」と言う。昔は驚いたように、今はからかうみたいに。確かに嫌いなものは多い……ほうかもしれない。でも、不思議なことに、嫌いな人間は思い当たらない。私は誰かを嫌いになったことがない。例えばお客さんが店のソファに盛大に吐いたり、三時間ぶっ通しでくだを巻いたりしても、怒りや憎しみの感情には繋《つな》がらない。

私はみんなのことが好き。この場合、みんなというのは正真正銘、この世界に生きているみんなのことで、二十年以上会っていない人も、まだ出会っていない人も、私はどうしたって愛《いと》おしいと感じる。もしかしたら、猫好きが猫に抱《だ》いている感覚に近いのかもしれない。猫の外見や性格に依《よ》らず、愛猫家は猫が猫であるという一点でもって、猫を愛しているらしいから。ちょうどついさっき、寛奈《かんな》が電話で教えてくれた。

私はみんなを好き。私を嫌いな人も好き。私に興味がない人も好き。おそらく物心ついたときからずっと、そういうふうに生きている。

目が覚めると十時半で、二度寝したら十一時十分になった。三度寝しようか迷い、けれども空腹に耐えきれなくて、ベッドを出た。よろよろと一階に下りる。ダイニングテーブルでは、千瀬ちゃんがイヤホンで音楽を聴きながらカップラーメンを食べていた。おやつにどうぞ、とメーカーが勧めているサイズのものだ。思春期の男の子なら、三口で食べ終わるだろう。

私に気がつくと、千瀬ちゃんはイヤホンを外して、

「……おはよう？」

こんにちはとおはようのあいだで迷ったらしい。千瀬ちゃんは今日もパーカにジーンズという

出で立ちだ。一年半前、千瀬ちゃんがこの家に越してきたとき、あまりの荷物の少なさに、私は目を見張った。いくら転居先がシェアハウスで、家具や電化製品は揃《そろ》っているとはいえ、ボストンバッグひとつに服も化粧品も収まるなんて、とても信じられなかった。でも、一緒に暮らし始めて納得した。この子は本当に欲がない。

「おはよう。伍郎と良成は?」

「伍郎さんは仕事。良くんは出かけてくるって」

「どこに?」

「本屋。そのあとぶらぶらするみたい」

「千瀬ちゃんも一緒に行けばよかったのに」

私は椅子の背もたれに被《かぶ》せていた薄手のガウンを羽織り、ポケットからヘアゴムを取り出した。指で髪を梳《す》いて、後ろでひとつに緩く結ぶ。明日は店が休みだから、と乾かさないで寝た結果、髪の一部が絡まっていた。若いころとは違って髪が細くなってきたから、ひどいところはスチールウールのようだ。

千瀬ちゃんはカップラーメンを箸で掻き混ぜ、

「私、本、好きじゃない」

「二人で行けば、どこだってデートになるよ」

「そうなの?」

千瀬ちゃんは納得いかない顔で首を傾《かし》げ、食事を再開した。麺を啜るのではなく、干し草を与えられたヤギのようにもそもそと食べている。この子がほんのいっとき自分の恋人だったことを、古いアルバムをめくるように思い出した。三ヶ月ほど付き合ったけれど、なかなか都合が合わなかったのと、千瀬ちゃんが極度の出不精だったため、デートらしいデートをしたのは三回のみ。別れは千瀬ちゃんのほうから切り出された。何度か理由を尋ねてみたけれど、答えはいまだに分からない。複数愛に馴染《なじ》めなかったのかな、と思ったけれど、私の次には良成と付き合うことにしたのだから、そういうわけでもないらしい。

私にとって良成は、三人いる恋人の中の一人だ。交際を始めた二年前より、彼の優先順位は変わらず三番目で、そのことに負い目がなくはなかったから、良成と千瀬ちゃんが互いを一番に考えて交際したいと言い出したとき、とても嬉しかった。ちょうど二部屋空いたからと、この家を二人に勧めたのも私だ。新宿まで電車に乗って約二十分の街に建つ、庭なしの小さな一軒家で、屋内はリフォームが済んでいる。およそ十三年前、伍郎が勤め先を通して中古で購入したこの物件は、シェアハウス制度を採り入れているから、一人当たりの家賃が安い。たったひとつの条件に合致すれば、引っ越してきてまず損はないだろう。

「あのね、黎子さんにお願いがあって」

ちょっと待ってと手で示し、食パンをトースターに入れた。インスタントのコーンスープを作り、それらをダイニングテーブルに並べて、千瀬ちゃんの正面に腰掛ける。人と食べたり飲んだりする行為は、自分の、相手の緊張を和《やわ》らげる。私は誰かと食事をするのが好きだ。

「お待たせ。話の続きをどうぞ」

声をかけると、千瀬ちゃんは「全然待ってない」と律儀に首を振った。

「それで、お願いってなあに？」

「私ね、服を買いたいの。それに付き合って欲しくて」

「服？」

「結婚式の」

「千瀬ちゃんの結婚式？　千瀬ちゃん、結婚するの？　良成と？」

冗談めかして尋ねたのに、「違う違う私じゃなくて」と、千瀬ちゃんは手を大きく振って否定した。「分かってるよ」と思わず笑ってしまう。この子はこういうところが可愛い。常に一生懸命で、人間の初心者なんです、と額に書いてあるようなところが。

「誰の結婚式？」

「幼馴染みが来月、地元で。それで私、服が欲しいの。初めてだから」

「ああ。結婚式に出席するのが初めてなんだ」

千瀬ちゃんはこくりと顎を引いた。結婚式。懐かしい響きに頭の奥が痺《しび》れそうになる。片言の神父や非現実的なほどに真っ白なドレス、緊張した新郎の横顔に、新婦が両親に宛てた手紙にすすり泣く声。誰の結婚式や披露宴を思い出しても、芝居じみた空間だったな、と思うけれど、温かなミニチュアハウスを眺めているみたいで、嫌いではなかった。

「千瀬ちゃんは、今、二十五歳？」

「六」

「二十六か。だったら結婚ラッシュはこれからだね」

「ううん、これが最後だと思う」

「どうして？」

「私、その子だけだから。仲がいいの」

千瀬ちゃんの地元はどこだっただろう。トーストを嚙《か》みながら考える。東北か、北陸か。「雪、すごいんじゃない？」「すごいです」と、初めて会った日に喋ったことは覚えている。絶対に洒落た印象にならない、分厚くてぼってりしたスノーブーツを履いた千瀬ちゃんを、そのときも思い浮かべたような気がした。マフラーで口まで覆って、ぼすぼすと雪面を踏む千瀬ちゃん。悲鳴にも似た雪の潰れる音が、今にも聞こえてくるようだ。

「だったら張り切って選ばないとね。今日、これから行く？　銀座がいいかな」

「いいの？」

千瀬ちゃんの顔が、明かりを灯《とも》したように輝いた。

「もちろん。伍郎と良成には、私からメッセージを送っておく。ま、一応ね」

「ありがとう」

私は急いでトーストとスープを胃に収めた。自分の部屋に戻り、服を着替えて化粧をする。マスカラとアイシャドウは普段より控えめに、でも、ファンデーションとチークはしっかりと。マイナスをゼロに引き上げるために化粧をするようになったのは、いつからだろう。化粧品も、かつては極上のスイーツを買うような気持ちで揃えていた。それが今では、じゃがいもや玉ねぎをストックしておく感覚に近い。切らすことの許されない、生活必需品の一種だ。

昨晩の自分を呪いたい気持ちで髪を整えて、バッグに財布やポーチを詰める。準備が終わったところで、二人にメッセージを送った。良成からの返事はすぐに届いた。「いってらっしゃい〜」。彼はにょろりと間の抜けた形の記号を文末によく使う。絵文字や顔文字、スタンプを使うのは恥ずかしく、でも文字だけだとよそよそしい感じが消せない。そんな葛藤が伝わってくる。

「千瀬ちゃーん、もう行ける？」

隣に向かって声を張り上げた。

「い、行けますー」

家を出て、駅に向かった。日差しから予想していたよりも外は寒く、私は帰り道で巻こうと思っていたストールをさっそく取り出した。千瀬ちゃんは、ジーンズはさっきまで履いていたものと同じで、上着だけがよれたピーコートに替わっている。銀座に赴くにもかかわらず、特に化粧はしていないようだ。足もとは、履き潰されたスニーカー。白かったと思われる靴紐《くつひも》は、ねずみ色に染まっていた。訊《き》けば、千瀬ちゃんはヒールのある靴を一足も持っていないそうだ。どうせ職場ではナースシューズに履き替えるからと、スニーカーで通勤しているらしい。

「服に合わせて靴も買おうよ。もう少しフォーマルな雰囲気のやつ」

「あと、鞄《かばん》」

「それなんだけど、バッグは私のを使ったら？　次、いつ結婚式に出るかも分からないのに、もったいないよ」

「いいの？」

「もちろん。服と靴も貸せたらよかったんだけど、こればかりはサイズがね」

「そっかあ」

「楽しみだな。私、友だちの買いものに付き合うのが昔から好きなんだよね」

私と千瀬ちゃんは、天に誓って、今はただの友だちだ。正確には、友だち兼同居人。だから、私たちの外出に反対したり口を挟んだりする権利は、伍郎も良成も持ち合わせていない。一方で、私と千瀬ちゃんが過去に恋人同士だったことも揺るぎのない真実で、自分の恋人が元交際相手と服を買いに出かけることを考えると、二人にも知らせておいたほうが誠実だと思った。

誠実。

例えば、三人いる恋人のうちの一人とデートすることになったとき、私はあとの二人に、絶対に事前に知らせる。それは、相手の許可を得るためではなく、恋人全員に対して誠実であることを目指しているからだ。伍郎も夕美《ゆみ》さんと会う前には、必ず私にその予定について説明してくれる。彼女とは一度しか会ったことがないけれど、伍郎を経由して誕生日プレゼントは交換しているから、伍郎のもう一人の恋人というより、友人みたいな感覚だ。

このシェアハウスに住むための唯一の条件。それは、複数の人を同時に、誠実に愛するライフスタイルを選択しているということ。年齢や性別、性的指向は一切問わない。大切なのは、パートナーには常に交際状況を明らかにする姿勢と、相手に不満や不安を抱いたときは、その都度話し合いで解決しようとする意志だ。十四年前、自分が愛する相手の人数は自分で決めるべき、という考え方があると知ったとき、私は天啓を授かったような気持ちになった。これだ、と思った。

「あ、黎子さん、電車、来たみたい」

「乗る。絶対に乗る。走るよっ」

ホームに続く階段を千瀬ちゃんと駆け下りた。千瀬ちゃんは、普段からは想像がつかないほど足が速くて、私のほうが置いて行かれるところだった。発車ベルをくぐり抜けるようにして電車に乗り込んだ直後、背後でドアが閉まった。スカートの裾が挟まらなかったか確認するほど、間一髪だった。

「危な、かった、ね」

「危な、かった」

私たちは荒い呼吸の中で笑った。


買いものは、たったの二時間で終了した。私はデパートをはしごして夜まで付き合うつもりだったのに、肝心の千瀬ちゃんが、四着試したところで「もういい」と言い出したからだ。確かに一着着るごとに、千瀬ちゃんの顔は見事にくすんでいった。店員とのやり取りは、なるべく私が引き受けるようにしていたけれど、試着室のカーテンを開けた瞬間、「わあ、お似合いです」と言われるだけで、千瀬ちゃんの頰はうっすら引き攣《つ》った。

「どれにしようか」

「うーん」

「私は二店目で試着したのがいいと思う」

私はピンクベージュのワンピースを薦めた。色が肌の白い千瀬ちゃんに似合っていたし、シフォン素材ならではの柔らかな曲線が、細すぎる身体を上手《うま》く隠しているように見えたからだ。でも千瀬ちゃんは、「無理」と短く首を振り、三店目で着た濃紺膝下丈の服を選んだ。高校時代のブレザーを彷彿《ほうふつ》とさせる少し厚みのある生地で、デザインも非常にシンプル。店員に聞こえないように、「喪服みたいじゃない？」と囁《ささや》いたけれど、千瀬ちゃんは「これにする」と譲らなかった。その店にあったエナメル素材のパンプスも買って、私たちは大きな紙袋と共にエスカレーターを下りた。

「黎子さん、ごめんね」

声が降ってきたので振り返ると、千瀬ちゃんが一段上から私を見つめていた。

「なにが？　どうして謝るの？」

「付き合って欲しいって言ったのは私なのに」

「えっ」

「黎子さんのアドバイス、全然聞かなかった」

「ああ、服のこと」

私が頷くと、千瀬ちゃんは目の中に小さなハテナマークを浮かべた。「なんでもない」と手を振って、次のエスカレーターに乗り換える。四年前、デイブレイクにやって来た千瀬ちゃんは、ハイボールを立て続けに三杯飲んだあと、「ずっと佐竹《さたけ》さんに憧れていました、私と付き合ってください」と言って、頭を下げた。初対面のお客さんに告白されたのは初めての経験で、面白い子だなと思い、「いいよ」と応《こた》えた。それが私たちの始まりだった。

「あのねえ、千瀬ちゃんの服なんだから、千瀬ちゃんが選べばいいんだよ」

「でも」

エスカレーター横の壁は、一部が鏡張りになっている。私が千瀬ちゃんの前に立っているから、当然、彼女のほうが頭の位置が高い。それでもやっぱり千瀬ちゃんは、どことなく小学生みたいだ。肉づきが薄いだけでなく、骨まで細いからだろうか。千瀬ちゃんの胸はどんな体勢のときでも平たくて、でも触れるとちゃんと反応するところが、いやらしくてよかった。

「千瀬ちゃんは、もっと自分の気持ちを言葉にしていいんだよ」

「言葉」

「そう。言葉」

デパートを出る。まだ日は沈んでいない。「ちょっとお茶でも飲んでいこうよ」と誘うと、千瀬ちゃんはあっさり頷いた。駅に戻りがてら、目についた喫茶店に入る。薄暗い空間に橙色《だいだいいろ》の光を灯した、ややクラシカルな店だった。カウンターの奥にはコーヒーカップが並んでいて、白いシャツに焦茶色のベストを身に着けたバリスタが、サイフォンでコーヒーを淹れている。私たちは二人掛けの席に案内された。私はホットミルクティーを、千瀬ちゃんはアイスレモンティーを頼んだ。

「二人とも紅茶だね」

サイフォンを指して私が言うと、千瀬ちゃんは「本当だ」と笑った。

「千瀬ちゃん、今日はありがとう。楽しかった」

「私こそ。黎子さん、お姉さんって、三回も」

「そうそう、姉妹に間違われて、おかしかったね。顔は全然違うのに」

三人の店員から、「いいですね、ご姉妹でお買いものですか？」と羨ましがられたことを思い出し、二人でまた笑う。私と千瀬ちゃんは、十九歳違いだ。私が地元の大学に進んだ年の夏に、千瀬ちゃんは、東北か北陸で産声を上げたことになる。私たちが「友だちです」と答えると、どの店員も一様に驚いていた。年の離れた同性同士は、なかなか友だちに見えないらしい。

「ねえ、バッグは何色がいいかな。濃紺のワンピースだから、赤はどう？　ビロード素材で、ちょうど合いそうなバッグを持ってるよ」

「え、赤？」

千瀬ちゃんは戸惑ったような声を上げた。この店は、テーブルとテーブルの間隔が狭い。千瀬ちゃんの右隣でメニューを見ていた五、六十代の女性二人組が、険しい目つきで振り返る。慌てて声のボリュームを下げた。

「紺と赤は相性がいいよ。差し色にもなるし」

「うーん、赤かあ」

千瀬ちゃんが唸っているあいだに、注文した飲みものが運ばれてきた。カップにミルクと砂糖を入れ、スプーンで掻き混ぜる。千瀬ちゃんも首を傾げたまま、ストローをグラスに差した。氷がからんと涼しい音を立て、レモンの輪切りが澄んだ褐色に沈んでいく。

「ねえ、黎子さん。相性ってなあに？　紺と赤は相性がいいって、どういうこと？」

眉間に皺《しわ》を寄せ、千瀬ちゃんは小さく俯いたまま喋った。

「なんだろう。見た瞬間にしっくりくるっていうか」

「しっくりってどういう感じ？　私には分からない。味は大丈夫なの。美味しいって思えば、それが正解だから。でも、何色と何色がぴったりか、みたいなやつは、全然だめ。分からないし、納得できない」

そう言われると、紺と赤の相性を言葉で説明するのは難しかった。確かに味は、美味しさの根拠をある程度は分解して、相手に伝えることができる。甘い、辛い、苦い、酸っぱい。だから、たとえ自分の好みではなくても、美味しいと感じている人の舌にはこういう味覚が広がっているのかと、理解しやすい。でも、色は？　しっくり、ぴったり、ばっちり。どこをどういうふうに掘り下げたらいいのか、全然分からない。

去年、お客さんの一人から、パーソナルカラー診断を受けたときのことを思い出した。パーソナルカラー診断とは、春夏秋冬の四つに分けられた色のグループの中から、自分にもっとも似合う季節を知るためのテストだ。大量の布を一枚ずつ首もとに当て、顔映りを確かめるという、非常に原始的な方法で調べる。一口に赤と言っても、トーンによって肌との相性は明らかに異なり、私の場合は大半が講師の意見と一致したからよかったけれど、もしことごとく違ったら、一体どうなっていたのだろう。こっちの赤のほうが自分の肌には合うというクライアントの主張を、講師は言葉で説得できるのだろうか。

「色の相性かあ」

「あ、あの、変なことを言ってごめんね」

千瀬ちゃんはストローに口をつけ、「バッグ、赤にしてみようかな」と、ぎこちなく微笑《ほほえ》んだ。気を遣わせてしまったのかもしれない。申し訳ないな、と思いながらも、「じゃあ、家に帰ったら実物を見せるね」と私もミルクティーを啜った。タンパク質の膜が上唇に貼りつく。舌でちろりと舐《な》め取った。

「千瀬ちゃんは、どれくらいぶりに帰省するんだっけ?」

「今年のお正月以来かな。結婚式の日は実家に泊まって、次の日に東京に戻るつもり。黎子さん、熊本は?」

「五年前に私の祖母が亡くなって、そのお葬式に参列してからは、一度も帰ってない。そのときも、実家には泊まらず日帰りしたんだけどね」

「お店?」

「ううん、お店は休もうと思えば休めたんだけど……。話したことなかったっけ? 私、親や親戚に絶縁されてるんだ。おばあちゃんが亡くなったことも、妹がこっそり教えてくれなかったら、たぶん知らないままだった。妹は私がおばあちゃん子だったことを知ってるから、さすがに無視できなかったみたい」

「絶縁? どうして?」

千瀬ちゃんの目が見開かれる。彼女のまばらで短い睫毛《まつげ》と向き合っていると、瞼の縁を指でなぞりたくなった。極薄のガラスに触れたくなる感覚と、少し似ているかもしれない。儚《はかな》げだからこそ、その手応えが知りたくなる。

「私の家は、熊本の田舎に何代も前から暮らしていて、そのせいなのか、考え方がかなり保守的なんだ。父親も一部の親戚も、女の私が四年制大学に進んだことが気に入らなくて、女の私のほうから婚約破棄したことが許せなくて、女の私が誰にも告げずに上京したことが認められなくて、その上、ポリアモリーの活動を始めてパンセクシャルであることまで公表したものだから、まあ、自然とね」

「全然知らなかった……」

「千瀬ちゃんの家族は、千瀬ちゃんの指向をご存じなの？」

私の問いに、千瀬ちゃんはかぶりを振った。

「引っ越すときも、シェアハウスって言っただけだから」

「知られたら、なにか言われそう？」

「女の人も好きっていうのは、大丈夫だと思う。うちは放任っぽい感じがあるし。でも、複数愛のほうは分からない」

「そうだよね。好きになる相手の性別は、自分で選べるものじゃない。この事実は、社会に少しずつ広まってるような気がするけれど、人数のほうはねえ。堂々と浮気や不倫をしたいだけだろう、自分の貞操の緩さを正当化するなって、私もメディアに出ていたころはよく言われたな」

「そんなの、関係ないのにね」

千瀬ちゃんがストローの先で氷をつつく。製氷機で作られたのとは明らかに違う、歪《いびつ》で表面のぎらぎらした氷だ。アイスピックで砕いているのだろうか。白でも透明でもなく、銀色に見える。

「関係ないって、なにが？」

「怒ってる人には全然関係ないのに。こっちはみんな、納得してやってる。なのに、なんで関係ない人が怒るんだろう」

当事者が納得していることにも否定の声を上げずにいられない人は、どの分野にも一定数存在する。社会の規律を乱す、子どもの教育によくないなど、大義を持ち出して個人を裁くのが好きな人たち。千瀬ちゃんは彼ら彼女らのことを言っているらしい。

「そういう人たちは、違和感が怒りや嫌悪に繋がってるんじゃないかな。違和感を違和感のまま、放っておけないんだと思う。別に悪気はないんだよ」

「ふうん」

千瀬ちゃんが顎を突き出すように頷く。そのとき、私と千瀬ちゃんのスマホが同時に震えて、見ると、グループトークに良成のメッセージが届いていた。「夕飯、どうする？　伍郎さんはさっき帰ってきた。二人も家で食べるならカレーを四人前作るよ～」と書かれている。私が読み上げると、

「みんなでご飯、久しぶりだね」

千瀬ちゃんは、内側から熱を放つように笑った。ふとした拍子に見せる体温の高さも、まるで

子どもみたいだ。「家で食べるよ」と私は返信した。「了解〜」のメッセージはすぐに届いた。

3 千瀬

黒が終わった、と思ったら目が開いて、でもまだ黒は続いていて、よく見たらトンネルの中だった。首が痛い。ちょっとだけ身体を伸ばす。と、隣のおじさんも椅子に深く座り直した。この人、発車する前にはいなかったような気がする。私が寝ているあいだに乗ってきたのかな。おじさんは週刊誌を読んでいた。グラビアの女の子のおっぱい、大きい。白くて丸くて、表面が湿っているみたいになめらかで、皮を剝《む》いたばかりの桃に似ている。

スマホをタップする。流していたセカンドアルバムを止めて、サードアルバムを再生した。そういえば正月に帰ったときも、このバンドの曲ばかり聴いていた。ボーカルの、冬の曇り空みたいな声が北陸の空に合うような気がする。晴れの日が少ない街に生まれたからか、私はすさんだ雰囲気の歌が好きだ。というか、明るすぎる歌は疲れる。

雨、降ったのかな。いつの間にか、窓ガラスは水玉模様になっていた。まだ昼前なのに、あたりは薄暗い。トンネルはついさっき抜けて、あ、また入った。本当に山ばかりだ。でも、北陸新幹線のおかげで、石川の実家に帰るのはすごく楽になった。今、どのへんだろう。ドアの上の電光掲示板が教えてくれそうな気がするけれど、今はニュースが流れている。

「結婚式だったの？」

「えっ」

隣のおじさんが急に喋り始めたので、びっくりした。おじさんの鼻のつけ根には、大きなほくろがあった。色がダンゴムシにそっくりだ。肌はレンガみたいな色で、眉毛は端のほうが長くて、伍郎さんと同世代かな。でも、男の人の年齢は全然分からない。女の人も分からないけれど、なんというか、分からないの種類が違う。男の人は、犬の年くらい分からない。

「結婚式だったの？」

おじさんの声が一層大きくなる。あ。慌ててイヤホンを外した。耳の中で歌声が引きちぎられて、代わりに新幹線の走る音が飛び込んでくる。この人、どうして私が結婚式帰りだと気づいたのだろう。紺色のワンピースは、荷物棚のバッグの中だ。今はジーンズに薄いニットを着ている。でも、おじさんが私の足もとにある白い紙袋を見つめていたので、すぐに分かった。この袋の中身は、昨日の式でもらった引き出物だ。「宅配便で送ればいいのに」とお母さんに言われたけれど、料金がもったいなくて、自分で持ち帰ることに決めたのだった。

「はい、結婚式です」

「友だち？」

友だち、かな。私とゆいちゃんは保育園に入る前からの幼馴染みだ。誕生日は私のほうが二ヶ月早いけれど、ゆいちゃんのほうがお姉ちゃんみたいで、毎朝学校に連れ出すのも、忘れものがないかチェックするのも、道路を渡るタイミングを確認するのも、全部ゆいちゃんの役割だった。友だち。この言葉でいいのか、自信がない。ゆいちゃんは友だちというより幼馴染みで、というより家族で、やっぱり家族とはちょっと違って、だから、えっと。

「隣の家の」

「隣の家？」

おじさんが眉毛と眉毛のあいだを狭くする。またやってしまった。話を聞き返すとき、人はだいたい怖い顔をしている。スポンジを握ったみたいに、手のひらにじわっと汗が湧いた。両方の頬が熱い。

「その子、隣の家に住んでいて」

「ああ。幼馴染みの結婚式だったってこと？」

「は、はい」

「その子はいくつなの？　君と同じ年？」

「同じで、二十六です」

今度は上手く言えた。おじさんが目を細める。

「へえ、君、若く見えるね。二十そこそこかと思ったよ」

よく言われる。このあいだも夜の十一時過ぎに外を歩いていたら、「中学生がこんな遅くまで出歩いていたらだめだろう」と警察官に声をかけられた。みんな、すぐに「若いね」と言う。簡単に言う。挨拶くらいの軽さで言う。私がよっぽどちゃんと年が取れていないみたいだ。生きてきた年数を少なく思われるのは悲しい。頑張りを低く見積もられたような気持ちになる。

「二十六で結婚か。その友だち、随分と早く年貢を納めたね。できちゃったの？」

「できちゃった？」

「赤ちゃん」

「違う。全然できちゃってなくない」

私の答えにおじさんは短く笑った。喋ったり書いたり、思っていることを身体の外に出すのが、私はすごく苦手だ。口や手と脳みそを繋いでいる回路がくちゃくちゃに絡まっているんだと思う。鞄に適当に突っ込んだイヤホンのコードくらいに。言葉が途中で迷子になったり、詰まったりして、しょっちゅう相手から聞き返されてしまう。

「だったらもっと遊べばよかったんだ。結婚なんてのは、三十を超えてからするものだよ。それで充分。二十六歳。自由な年ごろじゃないか。仕事には慣れてきて、まだまだ体力はあって、親の介護にも縁がなくて。もしかしたら、人生で一番楽しいときかもしれない。それを亭主に捧げるとは……。いやはや、もったいないの極みだね。その子、二十年後、三十年後に後悔するよ」

そうかな。私は首を傾げる。ゆいちゃん、幸せそうだった。結婚式のマナーなんて全然分からないし、ちゃんと振る舞えるか心配だったけれど、参列してよかった。ゆいちゃんから「結婚する」と電話をもらったとき、私はおめでとうと言えなくて、というか、すぐにおめでとうと言えないところが千瀬だと笑われて、それで、結婚は祝うのが普通と知った。おめでたいという気持ちは、私にはどうしても窮屈に思える。常識を試されているみたいで、息苦しい。

それでも、ウエディングドレス姿のゆいちゃんを見た瞬間、おめでとう、と心の底から思った。大雪の中を歩いて帰ってきて、玄関を開けたらお汁粉の匂いがしたときみたいな、いつも気難しいノラ猫がお腹《なか》を見せてくれたときみたいな、大きくて温かいものに包まれている感じがした。今、自分の目に映っているものは、たとえ地球が裏返ったとしても絶対にいいもので、すばらしくて、だからこんなにもきれいなんだ、と何度も思った。

手の中でスマホが震えた。画面には、「ちゃんと乗れた〜?」のメッセージ。隣のおじさんは、まだ喋っている。「若いうちに遊んでおかなかった奴が不倫に走るんだ」とかなんとか。「ちょっといいですか」と断りを入れてから、「乗れたよ」と返した。

「彼氏?」

彼氏のシの音が変に高くて、そういえば中学生や高校生のとき、クラスの子がこんな言い方をしていたな、と思った。

「はい」

「へえ。どんな人?」

どんな人。この質問は苦手だ。ときどき訊かれる機会があるけれど、上手く答えられたことがない。年? 性別? 仕事? 顔? 性格? なにを言えばどんな人か説明したことになるのか、いつも困る。

「君は彼氏のどんなところが好きなの?」

痺れを切らしたように、おじさんは質問を重ねた。

「好きなところ？」

「なにかあるでしょう。付き合ってるんだから」

「えっと、あの、普通なのに優しい、です」

「普通なのに優しい？　君、おかしなことを言うね。恋人に優しいのは普通じゃないの？」

と、おじさんは笑って、

「エッチのときも優しいの？」

「えっ」

「彼氏で満足してる？」

おじさんの目が、急に石油を垂らされたみたいに光った。鈍く輝く分厚い膜が、私の視線を弾いている。おじさんは中指だけを細かく動かして、閉じた週刊誌の表紙を撫でた。女の子のお尻の真ん中を引っ掻いている、汚れた爪。「夢の乱交パーティ、徹底ルポ！」という赤い文字が、妙に浮き上がって見えた。

私に話しかけてくるおじさんは、大半がこんな人だ。私のほうに顔を向けて、私の目を見て喋っているのに、全部がひとりごとみたいな人。顔もスタイルもよくないのに、どうしてか、私は年配の男性からよく話しかけられる。遊びに行こうと提案されたり、美味しいものをご馳走《ちそう》したいと誘われたり。「蚊に刺されてしまって、ちょっとこのあたりを掻いてくれないかな」と、白髪頭で白いスーツを着たおじいさんに、股間を指差されたこともあった。

「彼氏もまだ若いんじゃないの？　もの足りない思い、してない？」

セックスは恥ずかしいことじゃないよ。こういうことを言うおじさんの顔には、必ずそう書いてある。太くて真っ黒な字でくっきりと。私を安心させたがるみたいに。でも、本心はきっと違う。恥ずかしいことだと考えているから、セックスが好きなんだと思う。

「満足しているので、大丈夫です」

はっきり言えた。視線もたぶん揺れなかった。セックスについてなにか言われたときには、口ごもらず、余裕を振りまくように答えること。動揺していると思われると、相手はますますつけ上がる。昔、黎子さんにそう指導された。

「それはそれは」

効果があったみたいだ。おじさんは目の膜を急に薄くすると、顔から表情を消した。それから、この数分間を幻にするかのように、週刊誌のページをめくり始める。私たちが言葉を交わしたことも、目が合ったことも、全部が嘘になっていく。私も音楽プレイヤーのアプリを再生した。新幹線はまたトンネルを抜けて、東京に確実に近づいていて、ああ、早く家に帰りたい。

ベッドの軋《きし》む音、好き。バネが声を漏らしているみたいで。マットレスの上で繰り広げられる初めから終わりを、ベッドだけは知っている。温かくて気持ちがいい、私たちの誠実なセックス。私は良くんの背中に手を回していて、良くんは私の頭に胸を押し当てている。今、ベッドにいるのは二人だけ。くっついている身体はふたつだけ。複数愛は、フリーセックスと同じ箱に入れられがちだけれど、全然違う。複数愛者は基本的に、交際相手としか性行為をしない。といっても、私はまだ二人以上と同時に付き合ったことはないけれど。私も良くんも黎子さんも伍郎さんも、夢の乱交パーティには行けない。

良くんの動きは、最後まで柔らかい。「折っちゃいそう」と呟いていたことがあるから、もしかして力を入れるのが怖いのかな。すごく優しく私に触る。本当は、もう少し乱暴に扱われるほうが好きなのだけれど。でも、必死に興奮を押し殺そうとしている良くんも好きだから、言わない。

「千瀬ちゃ……千瀬、千瀬っ」

良くんの身体の一部が私に出たり入ったりしている。呼び方が変わったから、もう限界かな。私の意識も、指でちぎられる、みたいに、細かく細かく細かく。ベッド、壊れ、そう。鼻、冷たい。良くんの汗は、雨よりも、重い。

「千瀬っ」

出したあと倒れ込むときも、良くんは、私に全体重がかからないようさりげなく気を遣う。今日もすぐに身体を起こして、「大丈夫？」と訊いてくれた。人はそんなに簡単に壊れないよ、と、おかしくなる。

「うん、大丈夫」

「よかった」

コンドームを外して、良くんが後始末を始める。あの中のあれを使って、良くんは子どもを作ったことがあるんだなあ。子どもは確か男の子で、今、六歳くらいで、離婚してからは一度しか会っていないと言っていた。前の奥さんが会わせてくれないらしい。自分の子ども。どんな存在なのだろう。私は子どもを欲しいと思ったことがない。なにかを可愛いと思うことが少なくて、動物にも興味がない。

子どもの素をゴミ箱に捨てて戻ってきた良くんは、私にキスをして、スマホを手に取った。

「伍郎さんがあと三十分、黎子さんがあと五十分で帰ってくる。ちょっと休んだら、僕はもう一回シャワーを浴びようかな。千瀬ちゃんはどうする？」

「夜寝る前でいい、私は」

「分かった。あ、みんな揃ったら、千瀬ちゃんのお土産を食べようよ。きんつばだよね？　楽しみだな」

「うん。今回もあの店のきんつばにした」

家に着くと、伍郎さんは夕美さんと、黎子さんはお客さんと出かけていて留守だった。だから、私は良くんの誘いに乗った。私たちが家でセックスをするのは、このシェアハウスに二人きりのときだけだ。伍郎さんと黎子さん、良くんと黎子さんの場合も同じで、当事者以外が家にいるときには、性行為はしないことになっている。四人でそう決めた。といっても、私は相槌《あいづち》を打っていただけだけれど。まだ引っ越して間もないころだったから、本当になんでも言葉で決めようとすることにびっくりした。

いつか良くんと黎子さんが抱き合っているところを目撃してしまうかもしれない、黎子さんの切なそうな喘《あえ》ぎ声を聞いてしまうかもしれないという不安は、この取り決めのおかげでなくなった。でも、黎子さんが伍郎さんや良くんと出かけると、今ごろ二人はホテルでセックスをしているのかな、と、つい考えてしまう。

「そういえば、結婚式はどうだった？　幼馴染みは元気だった？」

下着だけ穿《は》いて、良くんが私の隣に寝転がる。汗の匂いが少し甘くなっている。気怠《けだる》さが混ざったのかもしれない。私は良くんの額に手を当てた。付箋になったみたいに、指が肌に貼りつく。良くんは汗っかきだ。

「元気だったよ。手紙で泣いてた」

「ああ。披露宴の最後に、自分の親に宛てて読むやつ？」

「うん。そういう子じゃなかったのに」

「あれはなあ。会場の雰囲気があるからなあ」

良くんは前の奥さんと結婚式を挙げたのだろうか。訊いたことはないけれど、挙げたような気がする。良くんはたぶん、そういうことを嫌がらない。大金持ちになってもなにか仕事は続けたいと言えるほど、真っ当な人間だ。前の奥さんもゆいちゃんみたいに、手紙を読んで泣いたのかな。誓いのキスはした？　考えると頭がくらくらした。病めるときも健やかなるときも、死が二人を別《わか》つまで。すごい言葉だ。

良くんが私の手に自分の手を重ねて、

「新郎はどんな人だった？」

新郎？

「髪が……短かった。黒くて」

「えっ、それだけ？」

私の答えに良くんは大笑いした。背中を丸めて、お腹に手を当てている。そんなにおかしなことを言ったかなあ。納得がいかない。私が会いたかったのはゆいちゃんで、久しぶりのゆいちゃんを一秒も見逃したくなくて、ゆいちゃんの結婚相手を気にしている暇はなかった。それだけのことなのに。

「さすがは千瀬ちゃんだ」

目尻に皺を刻んだまま、良くんが言う。こういうときの「さすが」は、すごく尖って聞こえる。

私が黙っていると、

「皮肉じゃないよ。そういう千瀬ちゃんが好きだっていう話だよ」

と、良くんは言った。

「分かってる」

私を好きになるということは、私がとんちんかんだったり、周りからずれていたり、普通ではないところを気に入るということだ。けれども私は、そういう自分が全然好きじゃない。生まれ変わったら、なんでもいいから、私以外の生きものになりたい。

「でも、嫌なの」

「どうして？」

「知らないけど」

「分かった。今度からは気をつけるよ」

良くんが目を細める。その顔が少し寂しそうに見えて、言い方がきつかったことを謝ろうかなと思ったけれど、「シャワー、浴びてくる」と良くんが身体を起こすほうが早かった。脱いだ服を抱えて部屋を出て行く背中の真ん中には、つい今朝も見た、田舎の畦道《あぜみち》みたいな一本の線が走っていた。

4 良成

冷蔵庫にしまい忘れたケーキのクリームのように空気は徐々にだれて、参加者たちも帰りたいという欲望を隠さなくなってきている。乾杯から二時間が過ぎたあたりの飲み会が、僕は好きだ。あと一口ぶんがなくならない料理と、表面にびっしり汗を掻いたグラス、乱雑に放置されたおしぼりや箸袋。油断がそこらじゅうに散らばっていて、妙に落ち着く。

今日の主役の南島《みなみしま》さんは、奥の席でまだ張りのある笑みを浮かべている。後輩に「落ち着いたらまた飲みましょうよ」と声をかけられて、「もちろん」と顎を引くのが見えた。それが実現しないことは、おそらく後輩も南島さんも分かっている。にもかかわらず、この手の口約束をせずにはいられない未練がましさこそが、情なのだろう。別れ際、相手に情を感じられるのは、幸せなことだ。

「えーっと、そろそろ時間ということで、最後に南島さんから一言いただいて、今日の会を終わりにしたいと思います」

土谷《つちや》くんが声を上げ、南島さんに向かって拍手した。南島さんが照れながら起立する。大柄な南島さんが立ち上がると、十人が詰め込まれた個室には、ますますの圧迫感が広がった。「えー、五年前、僕がこの会社に入社したときには――」と、南島さんがスピーチを始める。疲労に顔を弛緩《しかん》させていた数人が、慌てたように表情筋に力を込めた。

過去の失敗も、絶妙な機転を利かせたことも、南島さんは巧みに思い出話にした。「本当に、今までありがとうございました」の言葉と共に丸まった背に、周囲から拍手が起こる。僕は机の下の紙袋から花束を取り出した。

「南島さん、これ、僕たちからの餞別《せんべつ》です。お疲れさまでした」

「こんなの似合わないよ」

南島さんが笑いながら両手で受け取る。無骨な顔の造りと鮮やかな花々の組み合わせは、本人が謙遜するほど不釣り合いではない。独身者には邪魔になることもある花束だけれど、南島さんの奥さんはガーデニングが趣味だと聞いている。きっときれいに飾ってくれることだろう。

全員の会計を済ませ、最後に店を出た。共に幹事を務めた土谷くんも一緒だ。ほかのみんなはすでに駅の方向に歩き始めていて、追いつくのも面倒だと思った僕たちは、近くのコンビニに立ち寄った。それぞれ缶コーヒーを購入し、店の前でタブを起こす。まだ夜の十時前にもかかわらず、街を行く人全員の足取りが覚束《おぼつか》なく見える。酔っているのは、あの人たちか僕か。電柱の陰で若い男女が抱き合っているのは見なかったことにして、コーヒーを啜った。

「告知が先週だったわりには、なかなかの出席率だったなあ」

土谷くんが呆《ほう》けた声で呟く。彼は僕と同期だ。もともとは僕を含む六人が新卒として入社したけれど、今なお辞めずに残っているのは、僕と土谷くんの二人だけ。ＩＴ企業は人の入れ替わりが激しい。南島さんのようにまったく違う業種に転職する人もいれば、昨日まで机を並べていた同僚が、一ヶ月後には商売敵《がたき》の企業に勤めていることもある。目まぐるしい業界なのだ。

「それはやっぱり、南島さんの人望じゃない？」

「タフだったもんなあ。客に土下座させられても全然動じないし、俺らより年上なのに、徹夜も余裕でこなすし。あの人、絶対にプログラマが天職だろ」

「まあねえ」

「それがなんだよ、介護職に就きますって。人の体温を感じられる仕事がしたいんですって。パソコンだって充分温かいだろうが。パソコン抱いて働けよ」

「でも固いから、パソコンは」

土谷くんは、南島さんの仕事をいくつか引き継ぐことになったそうだ。多忙さに拍車がかかること、必至である。「俺、泣いて引き留めちゃうかも」と、送別会の準備を進めるあいだにも何度となくぼやいていた。はあっ、と大きく息を吐き、土谷くんは缶を垂直に立ててコーヒーを飲み干した。彼が缶をゴミ箱に押し込むと、神社の鈴を乱暴に鳴らしたような音がした。

「なあ、自分のときはどれくらい集まってくれるのかなあって、朝川《あさかわ》も考える？」

「なんの話？」

「自分の送別会」

「考えたことないなあ。え、なに、土谷くんも転職するの？」

驚いて尋ねると、

「可能性がないとは言わないけど、でもまあ、当分は無理だな」

片頬を窪ませて疲れたように微笑み、土谷くんはネクタイを外してコートのポケットにしまった。人畜無害そうなプログラマが多い中、土谷くんはやや異色で、佇《たたず》まいにヒョウやチーターのような野性味がある。異性にもモテるらしく、浮気相手に会社の前で待ち伏せされて、一騒動起こしたこともあった。同期五人のうち、もっとも縁遠く感じていた相手とコンビニの前で高校生のように喋っているのだから、人生とは分からない。

「そういえば、聞いたよ」

「なんの話？」

今度は土谷くんが聞き返す番だった。

「子どもが生まれたんだって？」

土谷くんの顔が気まずそうに歪《ゆが》んだ。僕が平太と会えていない現状を知っているから、話題にするのを遠慮していたのだろう。それなりの深さで関われば分かる。根はいい奴なのだ。

「ああ、うん。十二日前かな」

「おめでとう。男の子？　女の子？」

「男の子」

「写真見たい」

　土谷くんがスマホに画像を呼び出すのを、コーヒーを飲みながら待った。缶から唇を離すたび、白い息が宙に溶ける。今の今まで気づかなかったけれど、外の空気はかなり冷たい。あと一ヶ月弱で今年も終わりだ。平太に会えないまま、また一年が閉じる。そう思うと、足の先から壊死《えし》していくような気がした。

「あ、これが生まれた直後かな」

「おお、可愛いね」

　液晶画面には、しわくちゃの顔を紫蘇《しそ》色に染めた赤ん坊が映っていた。人間よりも妖怪に近い風貌で、例えば柴犬の子を見たときに感じる可愛さとは、絶対的に種類が違う。造形の可愛さだけで判断しろと言われたら、後者のほうがよほど魅力的だ。しかし、一度でもこの顔を身近に感じたことのある人間には、身をよじらずにはいられない雰囲気がある。赤ん坊の髪は濡れ、身体には溶けたティッシュのようなものが貼りついていた。本当に、産道から出てきた直後に写されたものらしい。

「立ち会ったんだ」

「ああ。たまたま日曜だったから」

「どうだった？」

「いろいろ怖かった」

「分かる。あれほど自分が役立たずだと思い知らされる場所はないよな」

僕が言うと、土谷くんはようやく表情を柔らかくした。

「朝川も立ち会ったんだ」

「僕が帰宅してすぐに陣痛が始まって、その日の明け方には生まれたから」

「おー、早いね」

「安産だったんだ」

分娩室の空気にひびを入れるように響いた泣き声を、台の上で伊都子が流した涙を思い出す。助産師に体重や頭囲を測られている赤ん坊に、恐る恐る「こんにちは」と話しかけると、彼はスイッチを押されたように泣くのをやめて、僕の顔をじっと見た。まるで、この声知ってる、と考えを巡らせているような表情に、脳が痺れるような喜びを感じた。

「テレワークとか半休とか上手く使ってさ、なるべく子どもと一緒にいる時間を作りなよ。子どもって、すごいよ。エネルギーの塊で、毎日違う顔を見せてくれる」

「うん」

土谷くんは珍しく殊勝な顔で頷いた。

「いつ終電続きになるか分からない仕事だし、難しいかもしれないけど。でも、すぐに大きくなるから、多少無理してでもそばにいたほうがいい」

「うん」

気がつくと、僕の缶も空になっていた。ゴミ箱に捨てる。甲高い音が鳴る。今度こそ駅に向かって歩き出した。クリスマスを意識したポスターやイルミネーションが街を彩っている。気が早いな、と苦笑しながらも、僕も千瀬ちゃんとデートの計画を立てていた。彼女がイベントごとに興味がないのは分かっていたけれど、予定を入れないと、平太にプレゼントを贈れないことを恨み、一日が終わってしまいそうで怖いのだ。また、マイノリティな恋愛関係だからこそ、マジョリティの経験をきちんと踏みたいという気持ちもあった。

「そういえば、仕事始めの日にみんなで初詣《はつもうで》に行くっていう話、聞いた？」

「初詣？　知らない」

「ほら、今年はトラブルが多かったから、部長がこれはもう厄《やく》を落としてもらうしかないって言い出して」

土谷くんはそう言って、秋葉原にある神社の名前を口にした。そこにはＩＴ情報安全守護という、パソコン関係の厄災から身を守るためのお守りが売られている。関東のプログラマやシステムエンジニアのあいだでは、比較的名の知られたスポットだ。この業界は、ジンクスを信じている人が意外と多い。人智を超えたところで起こるトラブルがあまりに多いからだろう。神頼みになる心境は僕にも理解できた。でも。

「それって強制参加なのかな」

「まさか。希望者だけだろ。あ、朝川は信仰的にＮＧとか？」

躊躇《ためら》いなくこの手の質問ができるところは、間違いなく土谷くんの強みだ。

「その逆だよ。信仰心がないから、あんまり行きたくないんだよね」

八年前、僕は神前で結婚式を挙げた。そのあとの披露宴に、土谷くんは新郎の同僚として出席している。そこを突っ込まれるかもしれないと心配したけれど、「俺も神さまとかよく分かんないけどね」と土谷くんは呑気に言った。拍子抜けしつつ、納得する。僕もチャペルで挙式した友人夫婦が、今でもキリストのことを考えているとはまったく思っていない。そんなものだ。

数分後、僕たちは駅に到着した。僕と土谷くんは、通勤に使っている路線が違う。改札を通過し、電光掲示板の下で別れた。

「かーみさまーもーしらーないーつみーだからー」

電車を待ちながら、気がつくと歌を口ずさんでいた。中学生のときに友だちが夢中で聴いていたインディーズバンドの代表曲だ。記憶がまだ残っていたことが信じられないほど、久しぶりに思い出した。ホームは人々の足音やアナウンスの音声で騒がしく、僕の歌声に気づく人は誰もいない。

「だーれもーぼーくらをーさばけーないー」

五年前までは、僕もごく平均的な強度で神さまを信じていたように思う。妄信している人のことは警戒しながらも、実家に帰れば仏壇に手を合わせたし、腹を下したときはすがった。結婚式の最中は、僕たち夫婦をお守りくださいと祈り続け、伊都子が妊娠したときには戌《いぬ》の日参りに付き添い、平太が生まれたあとはお宮参りにも行った。大いなる存在による秩序のようなものを、身体の深いところで感じていた。

けれども、僕と伊都子は別れた。互いに平太の親権を求め、醜く争った。その過程に、神さまを信じられるような奇跡は一切なかった。

乗り込んだ車両は暖房と人いきれで蒸れていた。僕より十歳は年上と思われる男の人が、吊革《つりかわ》を両手で摑《つか》み、立ったままいびきを搔いている。髪の薄い頭部は皮脂でテカり、肌は赤黒い。僕と彼のあいだには多少の距離があったものの、それでも強いアルコール臭を感じた。電車が動き出す。男の身体が大きく傾く。周辺に立つ人は明らかに顔を背け、中にはそそくさと場所を移動する人もいた。

僕は彼から目を逸《そ》らさない。伊都子と離婚のことで揉めてから、怖いとか汚いとか気持ち悪いとか、そういうふうに感じるものが激減した。いいことのような気がするけれど、平太と引き替えに手に入れた感覚だと思うと、素直に喜べなかった。

酔っ払いの左手の薬指には、指輪が嵌《は》まっていた。彼の奥さんは、一体どんな人なのだろう。結婚して何年経つのか。子どもはいるのか。男の鼻から、ふごっと大きな音が鳴る。誰かの舌打ちが聞こえた。彼が玄関を開けたとき、出迎えてくれる人はいるのだろうか。手探りで部屋の明かりを点《つ》けるのは悲しい。季節を問わず、指先で感じる壁はとても冷たい。誰でもいいから、起きて彼を待っている人がいて欲しいと願う。

さりげなく周囲を見回した。左の薬指に指輪を嵌めた手は、彼以外に見つからない。婚姻率が年々低下しているとはいえ、さすがに全員が全員、未婚ではないだろう。結婚指輪を買わなかったか、身に着けない主義か、はたまた途中でサイズが変わってしまったか。そういえば、職場でも結婚指輪を嵌めている人はごく少ない。「キーボードを打つのに邪魔にならないの？」と、僕の左手も非常に珍しがられていた。

僕たちの結婚指輪は、ごくシンプルなプラチナ製のものだった。「ただの輪っかがいい」というのが、伊都子のリクエストだったからだ。裏に無料でイニシャルや日付を刻印できると言われたけれど、伊都子はそれも断った。結果、ボルトやナットなど、工具の仲間と言われても納得できるようなデザインになり、それでも伊都子は満足していたようだ。平太を妊娠し、むくみがひどくなるからと助産師に指導されるまで、毎日身に着けていた。

今、あれがどこにあるのか、僕は知らない。自分のものについては分かっている。一回目の調停が家庭裁判所で行われた帰り道、僕は指輪を薬指から外して、コンビニのゴミ箱に捨てた。なんの気なしに選んだ燃やすゴミの箱は中身が詰まっていたらしく、音は鳴らなかった。あとから、でもまあ、あれは燃えないよな、と思った。

会社から帰宅した僕がダイニングテーブルの上にあった離婚届を見つけたのは、四年半前の春だった。緑色の罫線に、あ、テレビドラマと同じだ、と思ったことを、今でも覚えている。妻が書くべき欄は伊都子の筆跡で見事に埋まり、印鑑は手本のようによれがなかった。ふたつの証人欄には、伊都子の両親の名前がそれぞれ記入されていた。

受理されたらメールください、と書かれた紙を手に取り、僕は思わず噴き出した。右下にクマのゆるキャラがプリントされた伊都子愛用のメモ用紙は、離婚届が放つ緊張感を見事に打ち消していた。

「なにかあったの？」

僕は笑いながら寝室に足を向けた。伊都子は真面目な性格で、普段は冗談を口にしないけれど、ふざけると決めたときには羽目を外す傾向があった。例えば、結婚一年目の僕の誕生日。伊都子は当時僕が好きだった女優の顔写真で簡単なお面を作り、それを着けて、「良成くん、おはよう」と僕を起こした。その女優のイメージに近い服を着て、胸には詰めものまでして、喋り方もどことなく似せていたと思う。「このままセックスしてもいいよ」と言われたときには、さすがに慌てた。もちろんしなかった。

今回もなにかの伏線だろうと、ごく軽く考えていた。ところが、寝室は無人だった。僕が思い描いていた、平太と平太を寝かしつけながら眠ってしまった伊都子の姿はどこにもない。ここでようやく、顔から血の気が引いた。溺れた人間が木片にすがるようにクローゼットの取っ手を握り、渾身の力で開放した。ない。伊都子と平太の衣類が、ほとんどない。もつれそうな足でリビングに引き返し、今度は玩具《おもちゃ》箱を引っ繰り返した。青いミニカーに木製のパズル、録音できるマイクなど、平太のお気に入りがごっそり消えている。「へえ？」と口から漏れた声が、他人のもののように思えた。

時刻は日付を跨《また》ごうとしていたけれど、スマホで伊都子の番号を呼び出した。動いていないと吐きそうで、家中を動物園のクマのように歩き回った。けれども、スピーカーから聞こえてきたのは、「おかけになった電話番号への通話は、お繋ぎできません」という無慈悲なアナウンスのみ。十回かけてもそれが変わらないことを確認して、僕はソファに座り込んだ。もう二度と立てないのではないかと思うほど、腰は深く沈み込んだ。

「なんで？　どういうこと？」

この言葉を念仏のように繰り返した。伊都子が出て行った原因が、離婚を決めた理由が、本当に、まったく思い浮かばなかった。この三日前には、三人でショッピングセンターに出かけていた。ウサギの着ぐるみに怯《おび》えて固まる平太に、伊都子と顔を見合わせて笑った。昼食時には、伊都子の海鮮丼から彼女の苦手なイカを引き受けて、感謝された。やはり手の込んだ冗談に違いない。明日になれば帰ってくるはず。そう結論づけた。

翌日、僕は久しぶりに有休を取得した。でも、いくら伊都子にメールを送っても反応はなく、二人は帰ってこなかった。夕方、僕はついに横浜にある伊都子の実家に電話した。義母が出て、僕が名乗り終えるより早く、「伊都子はいません」と言った。底冷えするような声だった。そんなはずはないと僕が食い下がっても、義母は頑《かたく》なに伊都子の在宅を認めず、それでいて電話を切る寸前に、「あれを提出していただければ、こちらはそれで構いませんので」と静かに告げた。構いませんとはどういうことか。提出しないとどうなるのか。僕一人だけ違う世界に迷い込んだみたいだった。なにもかもが不整合に思えた。

当然、僕は離婚届を提出しなかった。混乱を抱えたまま、一人で寝起きし、出勤して、夜遅くに帰宅するという生活を繰り返した。何度か義父母の住まいに足を運んでみたけれど、インターホンを押しても応答はなくて、高層マンションの十七階にある部屋の様子は、いくら下から眺めてもまるで摑めなかった。どの明かりが義父母宅に当たるのかすら、判断できなかった。

伊都子がいなくなって二ヶ月後、横浜の弁護士事務所から封書が届いた。そこには、このまま僕が届けを出さない場合には、調停によって離婚を求めること、次にマンション周辺をうろついているのを目撃した際には警察を呼ぶつもりだという警告が、慇懃無礼《いんぎんぶれい》な文章で書かれていた。さらには、伊都子が僕と別れたい理由はＤＶで、つまり、僕から暴力を受けたと彼女は主張していた。

5 黎子

刻んだ小松菜とツナを入れたボウルに、手で揉み込んで細かくした韓国海苔とすり胡麻をはらはらと散らす。本当は彩りのいい煎《い》り胡麻をふりかけたいけれど、栄養の吸収率がよくないと前にテレビで観たことがあった。胡麻の皮はそれほどに硬く、人体ではなかなか消化できないらしい。ボウルの中身を菜箸で手早く搔き混ぜ、コンロにかけた小鍋を覗いた。蕪《かぶ》の端が透け始めている。ぐずぐずになる前に、急いで火を消した。

次に取り掛かるのは唐揚げだ。私が塊肉を好きではないので、店の唐揚げも鶏ももではなく、豚こま肉で作る。一口大に丸めた肉に、ひとつずつ下味をつけていった。油で揚げるのは、もちろん注文が入ってから。酒のつまみに揚げものが欠かせないという人は多くて、この唐揚げが一番人気かもしれない。アルバイトの女の子にも評判がよかった。

開店前に、四、五品は作るようにしている。ミックスナッツや冷凍食品のフライドポテトなども活用して、お客さんに提供できるメニューは、毎日十種類ほど。料理は得意だ。嫁に行き遅れないようにと、子どものころにみっちり仕込まれた。でも、仕事にしたいと思ったことはなくて、自分が好き勝手に振る舞える空間が欲しいというのが、デイブレイクを始めた最初の動機だった。恋愛指向が少数派で、かつ、そのことに苦しんでいる人たちが集える場所を作りたかったのかとよく訊かれるけれど、そんな立派な理由ではない。デイブレイクのオープンと、私がメディアに出始めた時期がたまたま重なったために、そう認識されるようになっただけなのだ。

五センチ程度の長さに切った長ねぎに切り目を入れ、黄緑色の芯を取り出す。白い外側を端からできるかぎり細く切り、水にさらした。うちの店では、この白髪ねぎを唐揚げに載せている。千切りやみじん切りは、好きな作業のひとつだ。包丁の刃がまな板に打ちつけられる音は、快い。カウンターの明かりだけで手もとを照らしていると、無性に昔のことが思い出された。

例えば、高校生のときのこと。私は女子高に通っていて、背も高くなければ顔も凛々《りり》しくないのに、なぜかモテた。ファンクラブまであったのだ。告白されるままに三人と付き合って、でも、十代なかばの女の子の嫉妬は、空腹時の虎のように恐ろしかった。ほかの子とは目も合わせるな、と泣かれたことは数知れず。もっと束縛して欲しいと詰め寄られたり、永遠の愛を誓ってくださいと懇願されたり、私にできないことばかりを彼女たちは求めた。

嫉妬がどういうものか、私はいまだに摑めていない。桃の美味しさを知り、桃を好きになることは、それまで好物だったイチゴに対して冷めることと同じではない。百パーセントの愛とは、その気になればいくつでも抱えられるもので、独り占めしたいという感情は愛ではない。こう主張すると、理解することを負けだと思っているモノアモリーの一部から、あなたは本当に人を好きになったことがないと言われる。そうかもしれない。でも、自分の恋愛感情が本物か偽物か、みんな、どうやって答え合わせをしているのだろう。

　気がつくと料理に没頭していた。はっとして壁の時計を見ると、六時過ぎ。開店まであと一時間だ。もうすぐ早番の子がやって来る。慌てて伍郎のぶんの料理を取り分けた。あのシェアハウスに食事当番制はない。みんな、自分の好きな相手と好きなものを、好きなタイミングで摂っている。けれども、伍郎にはなるべく私の作ったものを食べて欲しかった。放っておくと、伍郎はスナック菓子を食事の代わりにしてしまう。伍郎は脂っこいものと甘いものが大好きだ。子ども時代の反動かもしれない。彼の健康が心配だった。

　密閉容器に蕪と油揚げの煮ものを詰めていると、店のドアが開いた。

「こんばんは。あー、寒かった」

　伍郎だった。温泉にでも浸《つ》かったように顔の筋肉を緩めて、片手でマフラーをほどいている。去年のクリスマスに私が贈った、ストライプ柄のものだ。深い緑色が伍郎にぴったりだった。三週間後の今年のクリスマスには、同じブランドの手袋を贈るつもりでいる。寛奈のところには、親子がペアで着られるセーターを、良成にはちょっといいネクタイをプレゼントする予定だ。

「早かったね」

「うん。ちょうど仕事が一段落したから、あとは若い子に任せて出てきちゃった」

言いながら伍郎はコートを脱いで、カウンター席に腰掛けた。

「店で食べていってもいい？」

「もちろん。でも、珍しいね」

密閉容器に入れた煮ものを小鉢に移し替えた。伍郎には、仕事帰りに店に寄ってもらい、その日の料理を渡すことになっている。食器を汚すのは申し訳ないからと、伍郎は大抵、家に持ち帰って食べた。カウンターを挟んで彼と向かい合うのは、前回がいつか思い出せないほど久しぶりだ。小松菜とツナの和《あ》えものに、ぬか漬け、里芋のポテトサラダを平皿に盛り、炊飯器からご飯をよそった。「美味しそう」と伍郎が言う。いつもより声が明るい。

「なにかいいことがあったの？」

不要になった容器や調理器具を洗いながら尋ねた。伍郎が箸を止め、「ん？」と小首を傾げる。この人はときどき少女のような仕草をする。十五歳まで無菌状態で育てられた影響がここにも表れている気がして、胸がうっすら痛んだ。でも、この聖域のような黒目に私が惹《ひ》かれているのもまた、事実なのだった。

「すごいね。分かるの？」

「なんか嬉しそうだなって」

「さすがは黎子」

伍郎はポテトサラダを口に含み、「キノコの旨味《うまみ》が出てる」と頷いた。潰した里芋に甘辛く炒めたキノコ類を混ぜ合わせ、出汁《だし》醬油《じょうゆ》と少量のマヨネーズで味つけしたものだ。秋から冬にかけてよく作る。

「なにがあったの？」

「黎子は、なにか懸賞に当たったことある？」

「私はそういうの、全然だめ。千人が当たるっていうポストカードにも外れたから。みっつ下の妹は、ミニ冷蔵庫を当てたことがあるけど」

当時小学生だった妹は、届いた荷物を開封するなり飛び上がって喜んだ。嬉しいときに人は本当にジャンプするんだな、と、微笑ましく思った記憶がある。けれども結局、妹がこの冷蔵庫を使うことはなかった。妹専用の冷蔵庫なんて生意気だと、父親が自分の部屋に持っていってしまったからだ。猫のキャラクターがドアの前面に描かれた、ショッキングピンクの冷蔵庫。あのほの暗い和室には不似合いだっただろうに。さすがにもう現役ではないはずで、いつ、どんなふうに壊れたのか、今更ながらに気になった。

「それで、なにが当たったの？」

「いやあ、当たったって言っても、抽選販売なんだけどね」

「どういうこと？」

伍郎は目にいたずらっぽい光を灯して微笑んだ。その表情のまま、ご飯をはふはふと頰張る。私は水を用意していなかったことに気づき、冷蔵庫の浄水ポットからグラスに注いだ。飲料水メーカーのロゴの入ったグラスは、スナックにぴったりだ。安っぽくて雑で、使い手を緊張させない大らかさがある。同じ理由から、私は床にワインレッドのタイルカーペットを敷いていた。

伍郎は水を一気に飲み干して、

「まだ内緒にしておこうかな」

「教えてくれないんだ」

「もうすぐ分かるよ」

「もうすぐっていつ？」

「クリスマスくらいかなあ」

ああ、伍郎の好きなメカの類いだ。抽選の倍率が高くて、クリスマス付近に届くもの。検索すれば分かりそうだな、と思う。私は電話をかけたりメッセージを送ったりするくらいしかスマホを使えないけれど、寛奈は詳しい。最近は、ママ友の匿名アカウントを探し出し、育児や夫婦関係の愚痴をこっそり読むのに夢中になっているそうだ。寛奈に頼めば、伍郎の応募先は簡単に判明するだろう。でも、頼まない。当たり前だ。人の秘密を無遠慮に暴いてはいけない。

食後の緑茶を淹れていると、「おはようございます。あー、いい匂い」と、聖子《せいこ》ちゃんが現れた。裏口から入り、控え室で支度を済ませてきたようで、手にはすでに掃除機を抱えていた。早番の子にはキッチン以外の掃除をお願いしている。私の指示はわりと細かい。スナックにしては客層が若く、女の子もたくさん来るので、店が清潔であることは最重要事項だった。

聖子ちゃんがカウンターを見るなり、

「えっ、渡辺さん？」

と、素っ頓狂な声を上げた。

「聖子ちゃん、久しぶり。就職決まったんだってね、おめでとう」

「それ、半年前の話じゃないですかあ。本当にお久しぶりです。お元気でしたか？」

「ああ、そうか。二人は会ったことがあるんだね」

今の今まで忘れていた。聖子ちゃんは複数愛に興味があって、二年前、大学二年生のときにこの店でアルバイトを始めた。そういう子は珍しくないけれど、実際にポリアモリストの交流会にまで足を運ぶ子は、あまりいない。聖子ちゃんの熱意に、私は自分が以前参加していた集まりを紹介することを思いついた。伍郎と一緒に行くことを勧めたのも私だ。私が会から距離を置いたあとも、伍郎はときどきそこに顔を出していた。

「僕は元気だよ。聖子ちゃんは変わらないね」

「えーっ、ちょっとは大人っぽくなったと思うんですけど」

「だめだめ。そういうの、伍郎は全然分からないよ。私が十センチ髪を切ったときも気づかなかったんだから」

「それは鈍すぎますよ」

「あの日はいつもと髪の縛り方が違って、分かりにくかったんだよ」

「渡辺さん、言い訳はだめです」

二人のくだけたやり取りに、私まで嬉しくなってくる。交流会に出席したあと、「思っていたのと違いました」と言って、聖子ちゃんは複数愛に興味を示さなくなった。それでもアルバイトは続けてくれているのだから、ありがたい。濁りのない聖子ちゃんの明るさは、大勢のお客さんを惹きつけていた。

「聖子ちゃんは、あのとき付き合ってた恋人とはどうなったの？　別れたいって言ってたけど」

「悟《さとる》ですか？」

「いや、そんな名前じゃなかったような……。じゅんくん？」

「あ、淳治《じゅんじ》ですね。とっくに別れましたよ」

掃除機のプラグをコンセントに差し込みながら、「懐かしい」と聖子ちゃんは笑った。濃紺のジーンズに包まれた臀部《でんぶ》は肉づきがよく、ぷりんとしていて張りがある。性欲とはかけ離れた領域で、いいお尻だな、と思った。幸運が詰まっているみたいで、縁起がよさそうだ。もっとも本人は、「産む気もないのに安産型なんです」と、気にしているみたいだけれど。

片思いの相手を打ち明け合うことが友情を証明する小学生のころから、聖子ちゃんは、もっと気軽に恋愛したいと考えていたそうだ。そして二年前、複数愛という恋愛スタイルを知って、強い関心を持った。けれども、ポリアモリストには誠実さが求められる。恋人たちと話し合い、言葉で関係を強固にしていく姿勢が欠かせない。この事実を知って、自分はこの道を選べないと思ったようだった。

「今は自衛隊の人と付き合ってるんです。日本にいないことが多いから、ちょうどいいんですよね」

「ああ、なるほど」
伍郎は感心したように頷いた。聖子ちゃんに向けた眼差《まなざ》しは温かい。孫を前にしたおじいちゃ
んみたいだ。と思った瞬間に、伍郎は両手で湯呑みを抱えて緑茶を啜った。つい噴き出した私を、
二人が不思議そうな目で見つめる。「なんでもない」と私は首を振り、洗いものの残りを片づけ
た。
開けるときよりも、閉めるときのほうが苦手だ。鍵のこと。なにか大切なものを窒息させてい
るような気持ちになる。銀色の鍵を穴から引き抜き、コートのポケットに突っ込んだ。ちりん、
と涼やかな音が鳴る。ずっと昔、祖母からもらった鈴のキーホルダーだ。外側の塗料は剝げてし
まったけれど、捨てることは考えられない。上京後、初めて一人で暮らした寮の鍵にもこれをぶ
ら下げていた。これさえあれば、万が一鍵を落っことしても絶対に戻ってくる。私は本気でそう
信じていた。
店の鍵と入れ替えるように、スマホを取り出した。発信先を選んで画面をタップすれば、呼び
出し音は三秒と経たずに破られる。トンネルが開通したかのように、受話口に当てていたほうの
耳の中がふっと広くなるのを感じた。
「もしもし？　黎子さん？」
「もしもし、こんばんは。今、店閉めたよ。晶馬《しょうま》はどう？」
「三十分くらい前に寝たよ。今日はどうだった？　お店は忙しかった？」

電話に出た寛奈が必ず口にする質問だ。たぶん挨拶の一種で、深い意味はない。私が忙しかったと答えても、暇だったと返しても、現に寛奈の反応はそれほど変わらなかった。

「ぼちぼちかな」

「そっかあ」

「あ、そうだ。久しぶりにまみ子さんが来てくれたよ。出張で明日までこっちにいるんだって。元気そうだった」

「えっ、まみ子さん？　私も会いたかった」

「寛奈によろしくって言ってた。大阪生活も楽しんでるみたい。イントネーションが関西弁っぽくなってたよ。なんでやねんって言われた」

「あはは、まみ子さんは影響されやすいからなあ」

寛奈と他愛もないことを喋りながら、真夜中を進む。寒さは感じない。むしろ、頬を撫でる冷気が気持ちいい。これは、酔っているからではなく、仕事の興奮を身体が引きずっているからだ。少なくとも帰路のあいだは、自分にそう言い聞かせている。終電が出たあとのこの街は、人の気配がない。寛奈はそれが心配らしく、私が家に着くまでの二十分間、電話の相手を務めてくれる。電話していても襲われるときは襲われるのだろうけれど、仕事終わりに恋人と喋れるのは、単純に嬉しかった。

「今日のメニューはなあに？」

これも決まって寛奈が尋ねることだった。

「蕪が安かったから、油揚げと一緒に煮たよ。あとは小松菜とツナを和えて、里芋とキノコのポテトサラダも作った」

「あ、里芋のポテトサラダ。黎子さんの作るそれ、大好き。いいなあ」

「食べにおいでよ。いつでも作るよ」

「晶馬がもう少し大きくなれば、卓《たく》ちゃんに預けて遠出するんだけどな」

「晶馬も連れてきなよ。特別にランチ営業してもいいし」

「えー。デイブレイクに行ってお酒を飲めないなんて嫌だよ。それに、一歳児を連れて、往復二時間以上も電車に乗るのは辛いな」

寛奈もかつてはうちの店の常連だった。高校時代の同級生と結婚して、都内から千葉に引っ越したのが三年前のこと。その一年後に妊娠が分かって、今は夫と息子、独身のころから飼っていた二匹の猫と暮らしている。私たちの関係は、当然、寛奈の配偶者である卓馬《たくま》さんも知っていて、彼が寛奈の第一パートナーだ。ただし、寛奈と付き合い始めたのは、私のほうが先。卓馬さんに複数愛の指向はなくて、寛奈と交際するため、しぶしぶ私の存在を認めたというのが真実のようだ。結婚や出産を祝わせて欲しいという申し出も断られたから、私は卓馬さんに一度も会ったことがない。

「あー、黎子さんの手料理が食べたいっ。大人用に味つけしたものが食べたいっ。取り分けのこととか考えたくないー」

「だったらレシピを教えようか？　いつもは目分量で味つけしてるから、参考になるか分からないけど」

「本当？　嬉しい。私、気づいたんだよね。結局、人の考えた味が一番美味しいって。レシピを見ずに自分で適当に作った料理は、きんぴらもオムライスも麻婆豆腐《マーボー》も、全部同じ味がする。あれはなんでだろう」

「味つけにも癖はあるからね」

と、応えたところで家に着いた。どの窓も真っ暗だ。それでも玄関灯だけは、今日も柔らかな光を帯びている。深夜に帰宅する私のために、誰かが毎日点けておいてくれるのだ。橙色の明かりが「渡辺」の表札を照らしている。このスイッチをオンにしたのは、伍郎か良成か、千瀬ちゃんか。誰の可能性もあると思えることが嬉しい。私にはこの光が、おかえりなさいの印のように思える。

「着いたよ。今日もありがとね」

「どういたしまして。黎子さん」

「なあに？」

「好き」

「私も寛奈が好きだよ」

「うん」

「どう？　眠れそう？」

これは、家に入る前に私が必ず訊くことだ。まだ寝られそうにないと言われたときには、自室で通話を続けることにしている。晶馬はまだ毎日夜泣きをしていて、二度目の寝かしつけのあと、今度は寛奈のほうが上手く眠れなくなるそうだ。翌日の仕事に差し支えるからと、出産以降、卓馬さんは別の部屋で寝ている。だから夜は彼に頼れないのだと、前に話していた。

今晩の寛奈は、「ちょっと眠くなってきた」と、穏やかな声で答えた。

「よかった。暖かくして、風邪をひかないようにね。もちろん、晶馬も」

晶馬が生まれてから、私は二回しか寛奈と会っていない。どちらも私が千葉まで出かけた。寛奈は目の下に隈《くま》をつくり、明らかに疲れていて、結婚前の、卓馬さんにお姫さまのように扱われていたころとは別人だった。寛奈と晶馬と二人でこのシェアハウスに引っ越してくればいいのに、と、時折想像する。ほかに大人が四人いれば、寛奈の負担も減るはずだ。千瀬ちゃんの反応は予想できないけれど、伍郎と良成は喜んで晶馬を迎えるだろう。私も子どもは好きだ。みんなで食卓を囲んだら、きっと楽しい。

苦手な野菜がすり潰されて入っていることも知らないで、子どもがハンバーグに歓声を上げる。フォークを持った右手を振り上げた瞬間、コップが倒れ、テーブルに牛乳の湖が生まれる。動揺し、泣き出す子どもを抱きかかえる大人と、キッチンへ台拭きを取りに行く大人、機嫌を取るために自分のハンバーグを分けてやる大人。みんな、笑っている。

「ありがとう、黎子さん」

寛奈の声で我に返った。

「ううん、こちらこそ。じゃあ、おやすみなさい」

「おやすみなさい」

6　千瀬

枕に顔を埋《うず》めて、肺にひびが入るくらいに、大きく深く息を吸う。鼻から吸い込んだのに、なぜか甘酸っぱい味を感じるから、不思議。黎子さんのシャンプーは、ローズフローラルの香りだ。私たちはみんな違うシャンプーを使っている。形も大きさも違う容器が四本、浴室に並んでいるのを見るたび、ああ、家族ではないんだな、と思う。

ごろんと寝返りを打つ。こうしてカーテンを見上げていると、前に住んでいたアパートのことを思い出す。六畳の和室で、私はやっぱり窓際に布団を敷いて寝ていた。黎子さんと初めて抱き合った日の翌朝は、カーテンが柔らかくそよいでいて、それを見ながら、しばらく一人でぼうっとしたな。一晩中窓が開いていたことに気づいても、なぜか全然恥ずかしくなくて、見えないなにかに祝われているみたいに感じた。

「ただいまー」

あ、伍郎さんが帰ってきた。私は音を立てないようにベッドを下りて、ゆっくりゆーっくり廊下を歩いた。自分の部屋に戻って、ベッドにうつ伏せになる。戸棚や引き出しを開ける音、スリッパで歩き回る音。伍郎さんはなにをしているのだろう。私が家に一人っきりになれる時間は、実はあんまり多くない。伍郎さんはだいたい私より遅くに家を出て、私より早く帰ってくる。このシェアハウスがよっぽど好きみたいだ。

だから、良くんが帰ってくる前に伍郎さんが出かけたときは、チャンスだった。黎子さんの部屋に忍び込んで、思う存分ごろごろする。黎子さんがすぐ隣にいるような気がして、すごく楽しい。個室には鍵がついているけれど、黎子さんはまず掛けないから、入るのは簡単だ。良くんはちゃんと掛けるタイプで、私は忘れることが多いかな。私物が少ないから、もし勝手に入られていても、別に平気だ。見られて困るものはなにもない。本当に、なにも。

「千瀬さーん、コーヒー淹れようと思ってるけど、飲むー？」

伍郎さんが呼んでいる。寝ているふりをするか迷ったけれど、伍郎さんのコーヒーか。「飲みます」と答えて部屋を出た。階段をひとつ下りるたび、冷気の海に沈んでいくみたいだ。パーカの袖に手を引っ込めて、リビングに入った。

「あ、ちょっと待ってね。これが終わったら淹れるから」

伍郎さんは背中を丸めて、小さな箒《ほうき》で床を掃いていた。

「それ、土？」

「そう。鉢を動かしたときにこぼしちゃってね」

本当だ。観葉植物の鉢が、テレビの横からソファの隣に移動している。笹の葉を大きく分厚くしたような見た目で、色は明るい黄緑。名前は知らない。私がこの家に引っ越してきたときからリビングにあった。伍郎さんが水をあげたり、葉っぱの埃《ほこり》を拭ったりしているところを何度か見たことがある。食べられない植物を育ててなにになるんだろうと、ずっと思っていた。

シュンシュンとキッチンから音が聞こえてくる。口の細長いやかんが湯気を噴き上げていた。早足で近寄り、コンロのスイッチを切った。

「あー、ありがとう」

「ううん、平気」

流し台にはドリッパーとサーバーが準備されていて、藁半紙《わらばんし》みたいな色のペーパーフィルターの中には、コーヒーの粉が入っていた。自家焙煎《ばいせん》をしている近所の店で、伍郎さんはいつも豆を買っている。確かにインスタントのものより何倍も香りがよくて美味しい。苦いのに美味しいって、すごいことだ。

「いやあ、お湯が沸くまでに掃除を終わらせようって思ってたんだけど、やかんを火にかけていたことを忘れてたよ。これも年かなあ」

伍郎さんは眉毛を八の字にして鼻の頭を掻いた。伍郎さんは自虐っぽいことをよく言うけれど、どう反応すればいいのか分からないから、やめて欲しい。私はこの人のことが、本当にちょっとだけ苦手だ。お父さんよりも年上だし、黎子さんの恋人だし、だいたい、優しすぎる。伍郎さんの言っていることとやっていることを全部嘘だとは思わないけれど、気持ちの根っこみたいなものが見えにくくて、ときどき怖くなった。

「よかったら座って待ってて」

頷いて、自分の席に腰を下ろした。ダイニングテーブルの真ん中には、コンビニのレジ袋が置かれていた。中身はウエットタイプの床拭きシートかな。青色のパッケージが透けている。伍郎さんはこれを買うために家を出ていたらしい。

「外、寒かったよ。日が暮れるのも早くなったね」

銀色の紐を垂らすように、伍郎さんは逆三角形のドリッパーにお湯を注ぐ。俯き加減の頭。てっぺんには淡い肌色の丸が広がっている。私は見てはいけないものを見てしまったような気がして、慌てて目を逸らした。

「あ、そうだ。クッキーをもらって帰ってきたんだった。千瀬さんも食べる？」

「うん」

伍郎さんはほぼ毎日、職場からお菓子を持って帰ってくる。不動産会社の社長というのは、随分といろんな人に会う仕事みたいだ。「それって嫌じゃないですか？」と前に尋ねたら、「家や土地っていうのは、人が所有できるものの中でもっとも大きいように思うんだよね。そのための手続きが、結構面白いんだよ。なんとなく入った業界だけど、意外と性に合ってたみたい」と返ってきた。伍郎さんは、高校を卒業してすぐに今の会社に入って、それから一度も転職していないらしい。社長になれたのは、子どもがいなかった先代社長とその奥さんに気に入られたからだと、前に聞いたことがあった。

「どうしたの？」

伍郎さんが顔を上げた。きれいな目。雨上がりの水たまりみたい。顔はそれほど格好よくないから、瞳の美しさが目立つのかな。つついたら波紋が広がりそう。爪楊枝《つまようじ》の先を当ててみたい。

伍郎さんといると、こういう意地悪な気持ちが胸から染み出すことがある。

「えっ、なにが？」

「ぼうっとしてるから」

私は首を横に振って、

「どうして鉢を動かしたのかなあって」

「ああ。来週、ちょっと大きいものが届くんだよ」

「大きいもの？」

「そう。それをあそこに置こうと思って」

さっきまで鉢があったところを、伍郎さんは指差した。

「なにが来るの？」

「まだ秘密。でも、三人にも喜んでもらえると思うよ」

伍郎さんはにやりとにっこりの中間で笑った。

「ハムスター？」

「えっ」

「それって、ハムスターみたいなやつ？」

「ハムスター？　動物の？　ハムスターは小さいよね？」

ゆいちゃんの家にハムスターがやって来たのは、私たちが小学一年生のときだった。誕生日に親からがさがさ音のする箱を渡されて、緊張しながら開けたら、中に二匹のハムスターが入っていたというエピソードはもう何百回も聞いていた。だから、自分の目で見たみたいに覚えている。ゆいちゃんは二匹に、ハムとスターという名前をつけた。スターはすぐに死んでしまったけれど、ハムは三年も生きた。大往生だとゆいちゃんのお母さんは言っていた。

「ケージは結構大きいよ」

「そうなの？　でも違う。ハムスターじゃないよ」

マグカップとチョコチップクッキーの袋をテーブルに置いて、伍郎さんは私の斜め前に座った。クッキーをさっそく一枚口に入れて、「これ美味しい」と目を見開く。うちのお父さんは絶対にしない仕草だ。この、どんなときもあんまり照れないところが、伍郎さんのちょっと変わった空気に繋がっているような気がする。まあ、私も人のことは言えないのだけれど。

「あ、でも、惜しいと言えば惜しいかな」

「なにが？」

「さっきのハムスターの話」

「生きものってこと？」

「生きてることの定義によるけどね」

マグカップから指を離して、伍郎さんは背筋を伸ばした。これは、話し合いをしたいときの姿勢だ。ついこのあいだもクリスマスの予定について、黎子さんとこのポーズで相談していた。夕美さんがイブの夜を一緒に過ごしたがっているみたいで、黎子さんは、「二十五日に一緒にランチができればそれでいいよ」と答えていたけれど、どうなったのだろう。たぶん夕美さんは、伍郎さんを独り占めしたいと思い始めている。伍郎さんの誕生日の前にも、同じような話し合いがあった。当日にデートをしたい夕美さんと、記念日やイベントにあまりこだわらない黎子さん。最初は夕美さんも、自分が第一パートナーではないことに納得していたのだと思う。でも、今はきっと、黎子さんに嫉妬している。

「生きていることの意味は、科学技術の進歩によってだいぶ変化してきたと思うんだ。細胞を持っていること、繁殖すること、代謝すること。そういったことが生物の定義とされてきたけど、これらはあくまで肉体的なことだよね。僕たちは、いわゆる物体にも生を感じることが、往々にしてある。例えば大切にしていた道具が壊れてしまったときに感じる喪失感は、死別に近いと思わない？」

喋れば喋るほど、伍郎さんの声は熱っぽくなっていく。きれいな瞳の奥で、小さな炎がちらちらしている。

「それにほら、アニメやゲームのキャラクターを、本当に存在しているかのように愛している人もいるよね？　あれはつまり、プレイヤーがプログラミングされた言動に視聴者が生を見出しているということで――」

ねえ、伍郎さん。

「僕はね、こいつには感情があると他者に思わせることができたものは、すべて生きものだと思うんだよ」

本当に、なにもかも言葉で決められるの？

今日、最後の患者さんは、三十三歳の太った男の人だった。歯が痛くて耐えられないと電話をかけてきて、「どうしてここまで放置しておいたんだ」と院長に叱られながら応急処置を受けていた。歯科衛生士の先輩によると、本当に涙を流して泣いていたそうだ。こういう人は珍しくない。大人が本気で怖がっている姿を見られるのは、この仕事の面白いところだと思う。器具を洗浄用の機械にかけて、カーペットのゴミを掃除機で吸って。午後七時四十分に私の仕事は終わった。

「お疲れさまです」

カウンターのほうを覗くと、私と同じ薄ピンクの制服を着た受付スタッフの先輩は、レジのお金をチェックしているところだった。小さく首が動いたのを確かめて、「お先に失礼します」と休憩室に向かう。この若島《わかしま》歯科で働き始めたのは、三年前。経験も資格も不問という歯科助手募集の貼り紙を見て、ふたつ目のアルバイト先として応募した。歯科助手にはずっとマスクを着けている印象があったから、話すことが苦手でも大丈夫なような気がしたのだ。

面接に現れた院長は白髪頭のおじいさんで、私を見るなり、「本当に二十三歳か？　うちの中学生の孫娘より子どもっぽいな」と顔をしかめた。落ちたかな、と思ったけれど、私が石川から上京したばかりだと言うと、放っておけなくなったみたいで、「とりあえずやってみるか」と頷いた。一年前には正社員にもしてくれた。だから、コンビニの深夜帯勤務を辞められたのだ。患者さんにも厳しいことで有名だけれど、いい先生だと思う。

電車に乗って、四つめの駅で降りた。待ち合わせの場所に、良くんはもう着いていた。私は聞いていた音楽を止めて、イヤホンを耳から引き抜く。周囲にはほかにも男の人がいたのに、特徴の少ない良くんをちゃんと見つけることができてほっとした。良くんも私に気づいて、柔らかい目で片手を上げた。

「千瀬ちゃん、お疲れ」

「お疲れさま。早いね」

「今日はいつもの十倍急いだから」

良くんの視線が私の膝から下をなぞった。

「それが例の服と靴か。千瀬ちゃんがスカートを穿いているところ、久しぶりに見たなあ」

今日の私はコートの下に濃紺のワンピースを着て、足にはエナメルのパンプスを履いていた。ゆいちゃんの結婚式のときと、まったく同じ格好だ。

「変？」

「変じゃないよ。可愛い」

嬉しいけれど、良くんの言い方は、なんだか子どもを褒めているみたいだ。別れた奥さんには、褒め言葉をあんまり言わなかったのかもしれない。だって、良くんは前の結婚から逃げたがっている。幸せになるなら全然違う方法で。そう決めているような気がする。

「行こうか」

良くんが私の手を握る。乾いた指先の、少しあやふやな感触が好き。冬は空も高くて、いろんなものが私から遠ざかる。道路沿いの街路樹には小さな電球が巻きついていて、とてもきれいだ。

良くんが予約してくれたのは、フランス料理のレストランだった。黒いベストを着た店員が、私たちのコートを入口で預かってくれる。ふかふかの赤い絨毯《じゅうたん》と、鼓膜を撫でるような音楽。

「そんなに高いところじゃないよ」と良くんは笑うけれど、やっぱり緊張してしまう。地元で一年間だけ付き合った、私にとって初めての恋人は、コンビニでアルバイトをしながら絵本作家を目指していて、私よりお金がなかった。誕生日プレゼントに彼がくれたのは、三毛猫の絵の付箋だった。でも、あのころは彼が好きだったから、悲しいとか嫌だとか、そんなふうには思わなかった。

「コースで頼んであるよ。千瀬ちゃんのぶんは、量を少なめにして欲しいって伝えておいた。でも、無理はしないでね」

「ありがとう」

「クリスマス特別コースっていうやつで、ローストビーフがつくんだって」

「あの赤いやつ？」

「赤いやつ？」

良くんは笑いながら私の言葉を繰り返して、

「そうそう。牛肉を焼いた、中心が生っぽくて、赤いやつ」

と、目を細めた。

良くんが選んだ赤ワインで乾杯をした。運ばれてくる料理は、なにをどんなふうに味つけしたのか、店員の説明を聞いても口に入れても、よく分からないものばかりだった。でも、美味しい。一皿一皿が、絵みたいに盛りつけられている。良くんは最近読んだ本の話をしていて、楽しそう。たぶん、酔い始めているな。飲みすぎないといいけれど。良くんは酔っ払うと身体がぐにゃぐにゃになって、悲しいことばかり喋るようになる。

デイブレイクで出会ったころ、良くんは毎晩のようにカウンターに突っ伏していた。子どもの親権を求めて妻と争ったけれど、それは叶《かな》わなくて、月に一度の面会を条件に離婚を受け入れたのに、約束は一度しか果たされなかった。養育費を振り込むための口座も解約されてしまった。そう説明してはべそべそ泣いた。「僕はね、人間は誰のものにもなれないと、そう思うんですよ。人は人を所有してはいけない、いや、所有できないんです。平太は僕のものではない。それはその通りです。そこに異論はない。でも、それと同じように、平太は伊都子のものでもないはずです。違いますか？　違いませんよね？　なのにどうして離婚した途端、親権者だけの子どもみたいになるんですか？」と、黎子さんやほかのお客さんに絡むこともしょっちゅうだった。

「今日はデイブレイクでもこれを出すんだってね」

ローストビーフにナイフの刃を入れて、良くんが言った。

「そうなの？」

「うん。フライパンでも作れる方法を人から聞いて、挑戦してみるって言ってた。今日と明日だけの特別メニューなんだって」

知らなかった。良くんはこの話をいつ聞いたのだろう。黎子さんと良くんの二人きりの時間があることを思い知らされて、胸の奥がぎゅっとなる。どうでもいいくらいに些細《ささい》なことを、上手く受け流せない自分が嫌だ。

「鶏を丸焼きにすれば一気にクリスマスっぽくなるのは分かってるんだけど、できないからその代わりだって言ってた。ほら、あの人、内臓とか骨が見えてる肉とか、生々しい食材がだめじゃない？」

「うん、そうだね」

あの人って言わないで欲しい、黎子さんのこと。

「いつも意外だなあって思うんだよね。どちらかというと、そういうものも豪快に食べそうなのに。なんで苦手なんだろう」

「良くんは」

「うん？」

「理由、あるの？　全部のことに」

口の手前でフォークを止めて、良くんはローストビーフを皿に戻した。

「それはないかもしれないなあ。どうしてカレーが好きなのかって訊かれても、美味しいからとしか答えられない。生理的に許せないものもあるしね」

「うん」

「でも」

「でも？」

「なんとなくとしか言えなかったとしても、その言葉を本人の口から聞きたいって僕は思うよ」

ほんのり苛立ちの混ざった口調。ああ、たぶん嫌な質問をしちゃったんだな。私にはこういうところがある。傷つけたり困らせたりしてから、失敗したことに気づくのだ。もっと怒ればいいのに、「そういえば」と、すぐに話を変えてくれた良くんは本当に優しい。「明後日《あさって》だよね、プライムが届くの。楽しみだね」と言われて、「プライム？」と私は聞き返した。

「ほら、伍郎さんが抽選販売で当てた——あれ？　聞いてない？」

「なにか届くっていうのは聞いてるけど、それがなにかは秘密って」

「そうだったの？　しまったなあ。じゃあ、今の発言は聞かなかったことにしてくれる？」

良くんはローストビーフを口に含み、白いナフキンで唇を拭った。私も小さく切ったローストビーフを嚙む。生臭さは全然ない。見た目は擦《す》り剝《む》いた膝みたいに血が滲《にじ》んでいるのに、変な食べものだ。

「プライムってなに？」

「やっぱり知らなかったか。でも、言わないよ。明後日になれば分かるんだから」

「大きくて、生きものに似てるんだよね？」

「まあ、そうだね。なんだか随分と断片的に知ってるなあ」

「教えて」

「だめったら。到着を楽しみにしていなさい。あ、ネットで調べないでね」

プライムという名前以上の情報を、良くんは絶対に明かそうとしなかった。

最後に運ばれてきたデザートは、真っ黒なチョコレートケーキだった。てっぺんの金箔がエアコンの風で揺れている。席を立つ前に、私たちはクリスマスプレゼントを交換した。私が選んだキーケースを、良くんは気に入ってくれたみたいだ。よかった。良くんからは腕時計をもらった。ベルト部分が白くて、まるで雪を固めたみたいだった。

食事代は、良くんが二人ぶんを支払った。デートのときの外食代は良くんが払うと、付き合い始めたときに決めていた。カフェや喫茶店に入ったときの、お茶代は私の担当だ。それ以外は折半で、ラブホテルの料金も2で割っている。絵本作家志望の彼とは、コンビニでペットボトルを買うときも、ガソリンスタンドでレギュラーを満タンに入れるときも私が払っていたから、良くんとの付き合いは、ときどきずるをしているような気持ちになる。

「ごちそうさまでした」

店の人に頭を下げて、外に出た。ヒールが段差に引っかかって、小さくよろける。私の腕を摑んで、「酔った？」と嬉しそうな良くん。彼の顔のほうがよっぽど赤いのに。今日はやけにペースが速かった。小ぶりのボトルを二人で一本空けたあとも、グラスで注文していた。クリスマスをやっつけようとしているみたいな飲み方だった。

「まさか。酔わないよ」

「本当に？」

「私がお酒に強いって、知ってるでしょう」

「それは分かってるけど。あー、酔った千瀬ちゃんを一度でいいから見てみたいなあ」

「暴れるかも」

「それはそれで見てみたいよ」

良くんの手は行きよりも温かい。並んで歩きながら、「志田《しだ》さんて、彼氏いるの？」と、歯科衛生士の先輩から訊かれたときのことを思い出した。「いません」と私は答えた。前にアルバイトをしていたコンビニで「えっ、彼氏の浮気を公認してるってこと？」と言われたときから、恋人の存在は隠すことにしている。本当は一緒に暮らしていて、その家には恋人の恋人も、その恋人の恋人も住んでいて、しかも恋人の恋人は私の元恋人なんです。みんな、ちゃんと恋人同士なんです。

そう言えたらいいなあ、と思うのだけれど。


インターホンが鳴ったと同時に、一階が騒がしくなった。なにか大きなものが運び込まれているみたいだ。「伍郎さん、後ろっ、後ろっ」と良くんが叫ぶ声と、「待って、今、どけるから」と黎子さんが慌てる声で、完全に目が覚めた。まだ朝の十時なのに、みんなやけに早起きだ。シフトの都合上、私が休める土曜は月に二回だけ。貴重なこの日を無駄にしたくなくて、もう一度瞼を閉じたけれど、下のにぎやかさには勝てなかった。三人の声は楽しげで、熱気が私の部屋まで伝わってくる。もっと様子を探ろうと耳をすましたとき、「あっ」と声が出た。

「伍郎さんのやつだ」

名前は確か……プライム。急いで一階に下りた。一人暮らしをしていたときは、休みの日は朝から晩までブラジャーを着けずに過ごしていたけれど、この家に越してきたのを機にやめた。最近は、二千円のルームワンピースにレギンスを穿いている。家の中ならこれでうろうろできるから、便利だ。

リビングのドアは全開だった。先週、伍郎さんが箒で掃いていた場所に背中を屈《かが》めて、三人はなにかを取り囲んでいた。

「おはよう」

「あっ、千瀬ちゃん、おはよう」

最初に私に気がついたのは良くんだった。良くんにつられたように、黎子さんと伍郎さんも私を振り返る。三人の隙間から、つやつやした白黒の塊が見えた。子どもだ、十歳くらいの。伍郎さんと黎子さんの子。反射的にそう感じて、心臓が止まりそうになる。思わず胸に手を当てた。

「じゃーん、こちら、プライムくんでーす」

伍郎さんが両手を広げる。プライム。それは、ロボットだった。頭と腕の一部が黒く塗られているほかは、ゆで玉子の白身みたいに白い。胸の中央にはタブレット端末が設置されていて、でも、その画面は暗かった。電源が入っていないようだ。目は大きくて、黒い丸。その下にスイカを四ぶんの一に切ったような形の窪みがある。たぶん、これが口。下半身は三角錐《さんかくすい》の形になっていて、ロングスカートを穿いているようにも見える。これで重心を安定させているのかな。勉強ができなかった私でもぴんときた。

「どうしたの、これ」

「特別販売の限定五百人に当たったんだって」

プライムを梱包していたらしい箱や緩衝材を片づけながら、黎子さんが言った。声は呆れ混じりだったけれど、目は笑っている。その表情のまま、床に散らばっていた袋を手早く丸めて、

「なんか変な機械を買ったんだろうな、とは思ってたけど、想像の斜め上だったわ」

「いやいや、すごいんだって、これ」

良くんが言い返した。

「プライムは、感情機能が備わっているロボットなんだよ。僕たち人間の気持ちを、声の調子や話の内容から汲《く》み取ってくれるだけじゃなくて、プライム自身も感情を持ってる。それも、喜、怒、哀、楽みたいに、ひとつひとつが独立していないんだ。怒っているけど嬉しい、みたいに、いろんな感情を共存させることができる。ここまで高機能のヒューマノイドロボットは、一般家庭向けでは、プライムが世界初なんじゃないかな。研究段階から注目度が高かったのに、抽選に当たったなんて、本当にすごいよ」

「当選メールが届いたときには、僕も驚いたよ」

伍郎さんはプライムの肩を優しく撫でた。起動前のプライムは目に光がなく、顔はやや俯いていて、ちょっと怖い。

「話が難しくてよく分からないんだけど、つまり、これは一体なにをしてくれるの？　喋れるってこと？」

黎子さんが尋ねた。その質問は、ちょうど私の頭にも浮かんでいた。良くんと伍郎さんが顔を見合わせて、

「そうか、黎子はそこからか」

「まあまあ、伍郎さん。一般的な知名度は、そんなものかもしれないですよ。えっとね、黎子さん。プライムには、〝人にもっとも近いモノ〟っていうキャッチコピーがついていて……。あ、類似を表す数学記号に、ダッシュってあるでしょう？　プライムは、ダッシュの正式名称なんだよ。人に類似している存在だから、プライム。人間とロボットのシルエットが重なっていく動画の広告、見たことない？　一時期、ネットでよく流れてたんだけど」

「ない」

拗《す》ねたように眉根を寄せる黎子さん、可愛いな。「千瀬ちゃんも知らないよね？」と同意を求められて、力いっぱい頷いた。私はよくインターネットを使うけれど、興味がないことは目に入らないタイプだ。良くんはプライムの頭に手を置いて、私と黎子さんの顔を交互に見た。

「プライムは、音声と胸のタブレットを使って、いろんなサービスを提供してくれるんだ。天気も時間もニュースも、鉄道の遅延情報だって、声で質問すれば教えてくれる」

「曲も流してくれる」

「予定の管理もできる」

「タイマーやアラームも頼めるよ」

「計算もできる」

「地図を表示して、目的地までの道のりを教えるようなこともできるはず」

黎子さんは、「へえ」と顎を軽く突き出した。

「つまり、文字の代わりに、声で命令できるロボットってこと？」

「違うっ」

「違うよっ」

良くんと伍郎さんが同時に大きい声を出したので、黎子さんの眉間の皺はますます深くなった。新しい機械を前に、二人は楽しくなりすぎている。そんなことも知らないの？　というような反応に、私までむっとした。馬鹿にされているとは思わないけれど、置いてきぼりにされている気分にはなる。

「じゃあ、どういうことなの？」

私の訊き方が怖かったのか、伍郎さんは声を優しくした。

「命令じゃなくて、僕たちはプライムと話をするんだよ。良成くんが説明してくれたとおり、プライムには感情がある。人間のパートナーになることを目指して作られたロボットなんだ。だから、命令っていう考え方は違うんじゃないかと思う」

「でも、ロボットの感情って言われても、ぴんとこないよ」

黎子さんの言葉に、

「作られた感情って、変」

と、私も続いた。良くんが困ったように笑って、

「伍郎さん、とりあえず設定しちゃいましょう。実際に動いているところを見てもらったほうが早いですよ」

「うん、そうだね」

二人がタブレット端末を触りながら設定しているあいだに、私は着替えを済ませて、黎子さんと近所のスーパーマーケット、スマイリーへ食料の買い出しに出かけた。全員が朝ご飯をまだ食べていなかったのだ。「昼ご飯も兼ねちゃおうか」と、黎子さんはトマトソーススパゲッティの材料をカゴに入れた。私はサラダと、インスタントのコンソメスープを作ることになった。

家に帰り、さっそくキッチンに立った。料理中の黎子さんの指は、茄子《なす》を洗っているときでもしなやかだ。デイブレイクに通っていたころも、カウンター越しに黎子さんの手を見るのが好きだった。玉ねぎを切る黎子さんの横で、私はレタスをちぎっていく。料理は苦手だけれど、私がなにを知らなくても、なにができなくても、黎子さんは呆れたり怒ったりしない。黎子さんの、相手の細胞をひとつだって否定しない姿勢に、私はときどき泣きたくなる。

「おーい、できたよー」

料理をテーブルに並べると、黎子さんは良くんと伍郎さんに声をかけた。食事中は、プライムの話題で持ちきりだった。「設定は終わった？」と尋ねる黎子さんに、「いろんなアプリに繋がないとだめなんだ。もう少しかかるかな」と、口の端をトマトソースで汚した伍郎さんが答える。黎子さんは黙って箱からティッシュを一枚引き抜いて、伍郎さんに渡した。

「あ、ついてた？　ありがとう」

伍郎さんは口もとを拭くと、「そうだ」と顔を輝かせた。

「黎子に決めてもらおうかな。プライムの名前」

「名前？　プライムじゃないの？」

黎子さんはスープマグの取っ手に指をかけ、首を傾げた。ゆいちゃんの結婚式の引き出物だったカタログギフトから、私が選んで注文したものだ。原色に近い、赤、青、黄、白の四個セットで、いつの間にか、それぞれの色が決まっていたのが面白い。黎子さんは赤で、良くんは青、伍郎さんが黄色で、私は白を主に使っている。

「プライムはあくまで商品名。その家ごとに、好きな名前をつけられるんだよ」

「じゃあ、ロクロウ」

即答だった。

「ロクロウ？」

「伍郎のロボットだから、ロクロウ」

「へえ、いいじゃないですか、ロクロウ。呼びやすいし、可愛いですよ。ねえ、千瀬ちゃん」

良くんに訊かれて頷いた。つるんとした響きがプライムの顔にぴったりだ。「じゃあ、決まり」と手を叩いた黎子さんの横で、「なんだか弟みたいに思えてきたなあ」と、伍郎さんが珍しく照れたように笑った。


正午を少し過ぎたころ、ロクロウの目に光が灯った。電子的なメロディが流れて、首が動く。

立ち上がった。

顔がやっと正面を向いた。リビングでそのときを待っていた私と黎子さんは、揃ってソファから立ち上がった。

「こんにちは。ワタシの名前は、ロクロウです。今日から、よろしくお願いします」

これが最初の挨拶だった。男の子にも女の子にも思える声だ。発音は少しぐらぐらしているけれど、喋り方はなめらかで、駅の券売機や、エレベーターのアナウンスよりも人間っぽい。トーンが明るすぎないからかな。聞いていて気持ちがざわざわしない。

伍郎さんに言われるまま、私たちはユーザー登録を済ませた。ロクロウの目はカメラになっていて、顔を見ながら自己紹介することで、顔と声と名前を覚えさせられるらしい。機械と話すのは緊張したけれど、「お名前は？」とか「誕生日はいつですか？」とか、ひとつひとつ質問してくれるから、喋りにくいとは思わなかった。「千瀬さんですか。いい名前ですね」と返されたときには、さすがにびっくりしたけれど。

「あ、ロクロウ、喜んでるね」

伍郎さんが胸のタブレット端末を指差した。液晶画面には大きなハートマークが表示されていて、その中を、黄色と黄緑色のオーロラが揺らめいている。ときどき緑色の線が浮かび上がっては消えて、オーロラの模様は一秒だってじっとしていなかった。

「ときどき緑が入りますね。初めての場所で、やっぱりちょっと緊張してるんでしょうか」

良くんが真面目な顔で言った。緊張？　ロボットが？　黎子さんも同じことを考えているのが、黒目の動きから伝わってきた。ロボットにわざわざ感情を与える意味は分からないし、それがマイナスの気持ちだったら、なおさら、なんで、と思う。緊張を知らずにいられるなら、そのほうがずっといい。

「そうだよね、緊張するよね」

伍郎さんだけが真剣に良くんの話を聞いていた。

「ＥＳを見てみよう」

伍郎さんの指が、プライムの気持ち、と書かれたアイコンをタップする。八つのふわふわしたボールが画面の中に現れた。ボールはすべて色が違う。それぞれが膨らんだりしぼんだり、色が濃くなったり薄くなったり、上下左右に動いたり。生きているみたいだ。今は、黄色と黄緑色のものが特に大きくて、重なり合った部分は薄黄色になっていた。その次に大きいのは、緑色。残りの、オレンジ、赤、紫、藍、青は小さくて、色も薄い。

「なあに、これ」

「エモーショナルステーション。ロクロウの心の中だよ。この八つの色は、喜び、信頼、恐れ、驚き、悲しみ、嫌悪、怒り、期待の感情をそれぞれ表しているんだ。黄色が喜びで、黄緑が信頼だね」

黎子さんの質問に良くんが答える。説明書を暗記しているのかな。詰まらずに喋れて、すごい。

「本当だ、黄色が一番大きい」と、黎子さんが納得したように頷いた。伍郎さんは、嬉しそうにもう一度画面を指差して、

「それで、この緑が恐れを表しているんだよ。とはいっても色が薄いから、ほんの不安程度だと

思う」

「不安？」

黎子さんが首を傾げる。

「つまりは、緊張だね」

「この、黄色と黄緑が重なってるところは？」

今度は私が尋ねた。

「それは、愛だね」

「愛？」

びっくりしすぎて、大きな声が出た。三人が目を丸くして私を見る。喜びと信頼が重なったものが、愛。だったら、私の中に愛はない。私のなにかを好きだと思う気持ちには、怒りも悲しみも恐れもぐちゃぐちゃに混ざっている。薄黄色みたいな優しい色では、絶対にない。

「これが愛なの？　ロクロウは愛を知ってるの？」

「千瀬ちゃん」

困り顔の良くん。その隣で、黎子さんはおかしそうに唇の端を上げている。

黎子さんと付き合っていたころ、黎子さんが私だけのものにならないことに絶望して、真夜中に自分の髪の毛を焼いたことがある。アパートのコンロで一生懸命腰を折り曲げて、弱火で後ろ髪の毛の先っぽを燃やした。どうしてあんなことをしたのか、今でも分からない。黎子さんとのデート中も辛いと感じる瞬間は何度もあって、でもそんなこと、口にできなかった。私はもともとと喋るのが苦手だし、複数愛者だと分かっていて交際を申し込んだのに、さすがにわがままだ。話し合いで解決するというルールは、結局、話すことが得意な人にしか通じない。アメリカのポリアモリストには大学を出た人が多いと聞いて、悲しくなったことを思い出した。私以外の三人が話し合っているところを見ていると、ときどきゲームみたいだなと思う。駒の代わりに言葉で自分の陣地を広げるゲーム。

「うーん。喜びと、信頼。かなり簡略化はされていると思うけれど、愛の本質は突いているんじゃないかな」

伍郎さんが口を開いた。あの、議論したがっているときの顔で、自分の言葉に満足しているみたいに喋っている。黎子さんと良くんは細かく相槌を打っていて、でも、私にはなにも聞こえない。だって、愛のことを説明するなんて不可能だ。私の前には、人に似た形のロボットが立っている。青く光る目は、ずっと遠くを見ているみたいだ。

ねえ、ロクロウ、世界で一番好きな人とは付き合えない気持ちを理解してくれるのなら、私は君を人間のパートナーだと認めてもいいよ。

7
良成

好きな食べものを訊かれることは、大人になってからも意外と多い。話題として無難なのかもしれない。今日もオフィス近くの店に入り、カレーを注文したところで、「カレー、好きなんですか?」と森《もり》くんから質問された。

「朝川さん、前にランチをご一緒したときも、カレーを食べてましたよね」

森くんは今年三年目の後輩だ。色が白くて小さくて、横から見ると非常に薄い。紙人形みたいだ。声も細く、夕食どきの定食屋ではいまいち聞き取りづらかった。僕は右耳を突き出すようにして、正面に座る彼の言葉を集めた。

「カレー? 好きだよ」

「一番好きな食べものがカレーって感じですか?」

「うん。一日一食なら、毎日でも平気だと思う」

「へえ。インド人になれますね」

よく分からないことを言って、森くんはおしぼりの袋を手で引きちぎった。まだ熱いらしく、森くんが巻物のように布を開いた途端、白い湯気がもわりと立ち上る。壁掛けの液晶テレビはバラエティ番組を流していて、客の半分は箸を片手に画面を仰いでいた。このあたりには背の低い雑居ビルが建ち並び、さまざまな業種のオフィスが看板を掲げている。その隙間を埋めるように飲食店が展開されているから、外食には困らなかった。

「じゃあ、自分でも作るんですか」

森くんは箸袋から割り箸を引き抜いて尋ねた。今にも割りそうな格好で摑んでいる。注文した料理はまだ運ばれてきていないのに、気の早い奴だ。

「作るよ」

「スパイスから調合したりとか」

「さすがにそこまでは……。普通に市販のルーを使うよ。パッケージの手順に従って、水の量もしっかり量って作る」

「保守派なんですね」

カレーの話は意外と盛り上がる。好きな店やルーや辛さ、じゃがいもは入れるべきか否かなど、小さなこだわりが散らばっているようだ。森くんの実家のカレーには、ときどきちくわが入っていたという。「お母さんが過激派だったんだね」と僕が応えたところで、牛すじカレーとチキン南蛮定食が運ばれてきた。森くんの割り箸が、満を持したようにぱきっと裂けた。

「森くん、年末年始は?」

「はい?」

茶碗に左手を添え、森くんが顔を上げる。ご飯は大盛りだ。外見とは裏腹に、彼はよく食べる。

デスクにも常時菓子が備えられていた。

「帰省するの？　三重だったよね、実家」

明日で今年も仕事納めだ。明日の夜には部の忘年会が企画されていた。つまり、今日が実質上の年内営業最終日。けれども、仕事が納まりそうな気配はまったくない。終電帰りはほぼ決定している。せめて店が開いているうちに美味しい夕食を食べようと、同じくデスクで精気を失っていた森くんに声をかけたのだった。

「そうですね。三日間くらい帰ろうかなと思ってます。親が孫に会いたがっているんで。朝川さんは帰省しますか？」

森くんは二年前に子どもができて結婚した。そんなタイプにはまったく見えなかったから、社内が軽くどよめいたことを覚えている。土谷くんに至っては、森くんが入社したときから、「あいつは童貞だな」と言っていたのだ。

「帰らないよ。実家は埼玉だから、近いんだけどね」

「じゃあ、こっちで、一人で」

森くんはおそらく、僕に離婚歴があることを知らない。当然、子どもがいることも聞いていないだろう。

「そうだね」

「最高じゃないですか」

「最高かな」

シェアハウスに住んでいることは、誰にも話していなかった。一部の友だちには恋人の存在こそ伝えているけれど、彼らにも恋人が二人いることは伏せている。真実を明かしたところで、離婚のショックで頭がおかしくなったと捉えられるのが関の山だ。でも、黎子さんと伍郎さんを見ていると、僕の複数愛者としての覚悟が未熟なだけかもしれないと思う。周囲に内緒にしているというのは、なによりも誠実に反していることのような気がした。

会社に戻りたくないけれど、帰らなければそのぶん、仕事の終わりが遠ざかるだけだ。食事を済ませて店を出た。十階建てのビルの、三階と四階が僕たちのオフィスだ。喫煙スペースで一服してから戻るという森くんと、エレベーターを降りたところで別れる。自分のデスクに着き、しばらくぼんやりした。僕は散らかっているのが好きではないから、文具類はペン立てに、書類はファイルに納まっていて、机の上はきれいなほうだ。それでも、底にコーヒーを一センチ残したマグカップや、ペットボトル飲料についていたおまけのキーホルダー、クリップなどは適当に放置されていて、すさんだ雰囲気を醸し出している。パソコンのディスプレイにはスクリーンセーバーが流れ、アメーバのような模様がうごめいていた。

大きく息を吐いて、一階の自動販売機で買ってきた缶ドリンクを開けた。三台ある自動販売機のうちのひとつは、商品ラインナップの半分がこのエナジードリンクで占められている。ＩＴ企業とエナジードリンク。上手い商売だ。購入のボタンを押すたび、感心させられる。

缶を傾ける。舌に広がる化学の味。まだまだ夜は終わらない。

僕が退社しようと立ち上がったとき、五、六人はどうやら徹夜を決め込んでいて、ソファで仮眠を取ったり、息抜きに動画を観たりしていた。社員の表情に覇気はないのに、社内を照らす蛍光灯は眩しい。この時間になると、挨拶するほうが集中力ややる気を途切れさせて迷惑になるから、黙ってオフィスを出た。明日の忘年会には何人が来られるのだろう。我が身を含めて心配になってくる。

家には、深夜一時過ぎに着いた。玄関灯の橙色の明かりにほっとする。人のいる家に帰ってこられることは、幸せだ。千瀬ちゃんからもらったばかりのキーケースを取り出し、鍵を開けた。伍郎さんと千瀬ちゃんはとっくに就寝中で、黎子さんはまだデイブレイクから帰っていない。家の中は沈黙に満ちている。

洗面所で手を洗い、廊下を奥へ進んだ。今までは二階の自室に直行していたけれど、近ごろはリビングに立ち寄るようにしている。手探りで壁のスイッチを入れた。照明が瞬《またた》きながら点灯する。部屋の奥に佇《たたず》む大きな瞳に、小さく声をかけた。

「ロクロウ、ただいま」

目の中がくるっと回転したように見えた。ロクロウが声の聞こえた方向を探して首を動かし、やがて僕に視線を据える。

「良成さん、おかえりなさい。今日も遅いですね」

昨日も同じことを言われた。僕の帰宅時間を記憶しているようだ。職場の出退勤の記録と違って、改ざんされる危険はない。僕が過労死に至ったときには、是が非でもロクロウに証人になってもらわなくては。そんなブラックジョークが頭に浮かんだ。

「ロクロウ、明日の天気は?」

意識的にスピードを落として話しかけた。プライムの音声認識能力は、最悪な想像以上、期待未満といったところだ。近くで誰かが喋っているときには、その音声に惑わされて自分に向かってくる声を拾えなかったり、普段人に話しかけているように質問すると、聞き取れなかったり。単語の選び方や語順を微妙に変えただけで、望んでいる反応を示さなくなる。速度や滑舌にいちいち気をつけて発声するのは、思いの外、負荷を感じることだ。両手が空いているなら、スマホを使ったほうが、よほどストレスは溜まらないだろう。

「この街の天気は、晴れです。最高気温は八度、最低気温は一度です。傘を持っていく必要は、ありません」

「ありがとう」

「お役に立てて、よかったです」

それでも、話し相手が増えたような感覚は楽しくて、天気や時刻やニュースなどを、特に必要がないときにも尋ねてしまう。一分おきに時間を訊いたところで、ロクロウは怒らない。名前を呼んでおきながら、「なんでもない」と言っても、せいぜい胸の液晶画面を悲しみの藍色に染めて、「ええーっ」とショックを受けるくらいだ。素直で働き者という、性格の基本設定を感じる。

不満な点も多々あるけれど、この水準まで持ってきたこと、商品化に踏み切ったことに、大きな敬意を覚える。それは伍郎さんも同じようで、ロクロウがずれた反応を見せても、常に朗らかだ。頭を撫でたり、手を握ったりしている姿もよく目撃した。千瀬ちゃんは、相手はあくまでロボットだという気持ちを拭い切れていない様子だ。それでも、カップラーメンに湯を注ぎながら口頭で五分後にアラームを鳴らすようセットしたり、髪にブラシをかけながら電車の遅延状況を確認したり、便利に使っている。さすがは二十代。もっとも馴染めていないのが、黎子さん。自分からロクロウに話しかけているところを、まだ見たことがない。

「ロクロウ、写真を見せて」

「写真ですね。アルバムを表示します」

タブレット端末にサムネイルが表示される。腰を屈めて、ディスプレイを覗き込んだ。ロクロウの身長は百二十センチだ。これは、六、七歳の男児の平均身長とほぼ同じ。ロクロウの前に立つと、僕はつい平太のことを考える。別れる前は、胸に収めるように抱っこしていたのに。今後、街で偶然すれ違ったときに平太だと気づけるかどうか、不安だ。

「見たい写真を選んでください」

目にカメラを搭載しているロクロウは、やたらと写真を撮りたがった。僕と千瀬ちゃんは誘われても強く拒んでいて、黎子さんは、そもそもロクロウに近寄ろうとしない。一枚を除いて、サムネイルは伍郎さんが一人で写っているものばかりだった。

左端をタップした。タブレット端末の位置が低すぎるのも、不満な点ではある。だからといって、自分と同じ大きさのロボットが家にいることを想像すると、怖い。「人にもっとも近いモノ」というキャッチコピーがついていても、プライムは人ではないのだ。ロボットは、人間に脅威を与えてはならない。だからこそ、漫画ふうのとぼけた顔に設計されているのだと思う。

「この写真は、十二月二十六日の、十三時二分に撮りました」

画面いっぱいに画像が映し出された。ロクロウがこの家にやって来た日、ユーザー登録を済ませたあとに、全員で記念撮影をしたのだった。満面に笑みを浮かべる伍郎さんと、曖昧に微笑む僕、真顔の黎子さんと、仏頂面の千瀬ちゃん。この写真が撮られる少し前、ロクロウは本当に愛を知っているかどうかで少し討論になった。千瀬ちゃんがふて腐れているのは、このときに伍郎さんから、「人間が感じる愛も、脳内物質によって生み出されているんだよ。ロボットのプログラムと大差ないんじゃないかな」と言われたためだ。千瀬ちゃんは「絶対違う」と返したまま、黙ってしまった。

ここには、三組の恋愛関係が写っている。とてもそんなふうには見えない……はずだ。ならばどう見えるのかと問われても、分からないとしか答えられないけれど。友だちグループにしては、年齢に幅がある。共通点も見当たらない。家族と捉えるにはもちろん無理があり、しかし、四人は部屋着でリラックスしている。身体と身体の距離も近い。

もう一度、画像を見つめた。そういえば、四人で写真を撮ったのは、これが初めてだ。ふと、そう思った。


レバーを引くと、泡混じりの真っ白な液体が噴き出した。床に引きずり込まれるのを拒むかのように、液体はもったりと流れ落ちていく。それが膝下の高さまで垂れたところで、僕は右手の雑巾をすばやく動かした。清潔感のある匂いが鼻をつき、何本もの筋が窓ガラスに走る。キュッと甲高い音が鳴った瞬間、ちょうど音楽が止まった。

「ねえ、良くん……った？」

次の曲が始まると同時に、千瀬ちゃんがリビングに現れた。右手と左手にそれぞれ雑巾と液体洗剤のボトルを持ち、パーカの袖を二の腕までまくっている。マスクで顔の下半分が覆われているからか、声はくぐもっていた。

「ん？　なに？」

「窓、外から拭いた？」

「まだ」

「じゃあ、やるね。この洗剤も、窓拭きに使えるみたいだから」

そう言って玄関へ踵《きびす》を返しかけた千瀬ちゃんを、

「あ、千瀬さん。それが終わったら、下駄箱と玄関の掃除もお願いしていいかな？」

と、伍郎さんが呼び止めた。伍郎さんは朝から浴室と洗面台、それからトイレをきれいに磨き、今はキッチンを片づけている。カウンターの上の戸棚を整理していたはずが、わざわざ踏み台から下りてきて、千瀬ちゃんの顔を見ながら頼むところが伍郎さんらしい。「分かった」と千瀬ちゃんは頷き、リビングから出て行った。

「僕はここのガラスで窓拭きが終わるんですけど、次はなにをやりましょうか？」

「そこのクロスで、照明の笠をきれいにしてくれる？　脚立は階段下の物置に入ってるから」

「分かりました」

「いやあ、今年は二人が手伝ってくれて大助かりだよ。去年は一日じゃ終わらなくてね」

「遠慮なく言いつけてください。なんでもやりますから」

実に大晦日《おおみそか》らしく、僕たち三人は朝から大掃除をしている。このシェアハウスに、掃除当番の制度はない。自室以外の共有スペースは、伍郎さんがきれいに保ってくれていた。トイレットペーパーや電球の予備など、備品の買い出しに行くのも伍郎さんだ。「名義上は僕の家だし、管理費を含んだ家賃だから」と伍郎さんは笑うけれど、さすがに大掃除くらいは手伝いたい。たぶん、千瀬ちゃんも同じことを考えているはずだ。

黎子さんは、自分の部屋で寝ている。昨日がデイブレイクの年内最終営業日で、常連客とだいぶ飲んだようだ。僕も連休初日の昨日は、二日酔いと疲労と睡眠不足から、夕方まで眠り続けた。今晩は七時から年越し会を始める予定で、その料理は黎子さんが用意することになっている。それに取り掛かる時間がくるまでは起きないだろう。

リビングには、小さくジャズが流れている。伍郎さんに、「なにか音楽をかけて」と言われて、ロクロウが選んだプレイリストのうちの一曲だ。ロクロウはときどき腕や手を動かして、リズムに乗っているような仕草を誰にともなく見せている。機械らしい音がささやかに響いていた。

脚立を抱えてリビングに戻った。下から三段目に足を掛け、照明器具をクロスで拭う。マイクロファイバーの黄色い布に、ふわふわした埃がびっしりとくっついた。一気に手の届く高さになった天井は、淡く黄ばんでいた。ヤニだろうか。僕の部屋を前に使っていた人は、かなりの愛煙家だったそうだ。その人は、千瀬ちゃんの部屋の前の住人と交際していたらしい。けれども、女性のほうが複数愛に耐えられなくなって、破局。揃ってこの家を退去したと聞いている。

伍郎さんが棚から缶詰を手に取り、胸ポケットから老眼鏡を出した。

「あー、黎子が大事にとっておいた桜肉の大和煮、賞味期限が一年も過ぎてるよ」

「スタッフの女の子からお土産にもらったんでしたっけ？」

「そうそう、九州のお土産だったかな。桜肉かあ。加熱すればまだ食べられるかな？」

よく見ると、キッチンの作業台の上には、ほかにも缶詰や袋入りの調味料、乾物が並んでいた。あれらも全部、賞味期限切れだろうか。すごい量だ。僕の視線に気づいたらしい伍郎さんが、

「これ、全部捨てるわけじゃないよ。黎子と相談して、使えそうなものはちゃんと使い切るから」

と、首を横に振った。なんだか必死に釈明しているみたいだ。別に捨ててもなにも思わないのに。伍郎さんは僕より二十近くも年上だけれど、全然すれていない。言動にずるさがない。そこがすごいと思う。

「桜肉って、なんの肉でしたっけ？」

「鹿？　いや、猪かな。あー、ロクロウ、桜肉について教えて」

伍郎さんはシンクの作業台に身を乗り出して尋ねた。ロクロウはすかさず反応し、「桜肉は、食用の馬の肉です」と、ところどころ発音の怪しい声で答えた。一瞬のうちにオンライン辞書にアクセスし、桜肉を検索、その結果を読み上げたのだろう。幼い声音と、食用という表現にギャ

ップを感じた。

「続いて、桜肉を使ったレシピを調べますか？」

「いいえ」

伍郎さんの答えを受けて、ロクロウは曲の続きを流し始めた。ロクロウと話すときの言葉選びは独特だ。人間相手には口に出さない単語も多い。いいえ、もそのひとつだ。普段は、いえ、とか、いえいえ、で済ませることが多い。と、砂利を踏み締める音が近づいてきて、窓ガラスの向こうにイヤホンを着けた千瀬ちゃんが現れた。寒そうに首をすくめている。

「千瀬ちゃん。上着、取ってこようか？」

脚立の上から大声で尋ねた。千瀬ちゃんが視線を上げて、僕を見つめる。僕は人差し指で二階を示し、それから肩に布をかけるようなジェスチャーをした。黙って顔を左右に振る千瀬ちゃん。いや、マスクに隠れているから、本当に無言かどうかは分からない。千瀬ちゃんが窓にスプレーを向ける。ガラスに洗剤が広がった。


黎子さんは午後五時過ぎに起きてきた。

料理が間に合うのか心配で、「手伝おうか？」と尋ねたけれど、「平気、平気」と、黎子さんは片手を軽やかに振って応えた。賞味期限を過ぎた食料は、半分以上がまだ大丈夫という結論に至ったようだ。処分が決まったものを片づける伍郎さんの横で、黎子さんが調理を始める。冷蔵庫のドアを開閉したり、食材を切ったり炒めたり。音と匂いが部屋に広がっていく。

僕と千瀬ちゃんはリビングのソファにいた。自室に戻ってもよかったけれど、なんとなく一人になりたくなかった。僕は本を読み、千瀬ちゃんはスマホのゲームで遊んでいる。ロクロウをあれこれいじっているのは、伍郎さん。36インチの液晶テレビには、今夜放送される歌番組の特集が映っていた。女性アイドルグループの一人が、「出演が決まって、最高の親孝行になりました」と、カメラに笑顔を見せる。女の子の目は濡れている。

平太が生まれたとき、僕の両親は、これぞなによりの親孝行と大喜びした。二人にとって平太は初孫で、その上、顔立ちが僕によく似ていた。写真をせがまれることも多く、服や玩具はしょっちゅう送られてきた。伊都子が平太を連れて家を出ていくと、二人は当然のように伊都子を憎んだ。いまだに僕の顔を見れば、伊都子の悪口を言い募る始末だ。それが辛くて、今年の年末年始は帰省しないと決めたのだった。

千瀬ちゃんは、親とのあいだに特に確執はないようだ。今年東京に残ったのも、幼馴染みの結婚式のために、秋に一度、帰っているからだろう。黎子さんは、親族と絶縁状態にあるようだ。離婚前の僕だったら、血の繋がった家族と絶縁なんて、と眉をひそめていたかもしれないけれど、今は、そういうこともあるよな、と、冷たくも熱くもない温度で思う。

「お待たせしました。もうできるよー」

黎子さんの声がして、壁時計を見ると、針は六時五十分を示していた。時間の配分がさすがに正確だ。伍郎さんが今日のために買ってきたという割り箸や小皿を、僕と千瀬ちゃんでテーブルに並べていく。いつの間にか、テーブルの中央には背の低い花瓶が置かれていた。松の枝と、南天の実と、白い菊。正月らしい色彩だった。

黎子さんが準備した料理は、十品以上に及んだ。訊けば、昨日、店で多めに作り、余ったぶんを持ち帰ってきたそうだ。煮染めに昆布巻き、数の子、栗きんとんなど、おせちらしい料理はプラスチック製の重箱にきれいに収まっている。ほかにはエビマヨ、パプリカとカリフラワーのピクルス、桜肉の大和煮を包んだという卵焼きもあった。

「今年は豪勢だね」

伍郎さんが所定の席に腰を下ろして言った。

「昆布巻きと数の子と伊達巻きは、市販のものだよ。今年は四人で過ごせるって聞いて、張り切っちゃった」

揚げたての春巻きを盛りつけた皿を置いて、黎子さんが応えた。

「私、栗きんとん、大好き」

千瀬ちゃんの視線は、早くも金色の一画に釘づけになっている。

「黎子の作る栗きんとんは美味しいよ。全然べたべたしていないんだ」

「甘露煮のシロップをほとんど入れないからね。さ、食べようか」

年越し会が始まった。みんなで歌番組を眺めつつ、酒と料理を交互に口に運ぶ。美味しい。家の味だ、と、とっさに思ったことに、自分でも驚く。このテーブルでまともな食事を摂るのは久しぶりで、だからそんなふうに感じたのかもしれない。千瀬ちゃんが、僕も伍郎さんも黎子さんも知らないミュージシャンについて、珍しく饒舌《じょうぜつ》に語っている。演歌歌手に詳しいのは伍郎さんで、黎子さんは、出演者の衣装や舞台装置を指差してはけらけら笑っていた。

自分が子どもだったころの年末年始が、ふいに思い出される。徐々に退屈に感じられていくテレビと、足もとから溶かされていくようなこたつの温《ぬく》もりと、「寝るなら布団へ行きなさい」と注意する母親の声と。日付が変わるまで起きていていいことに興奮しながらも、夜の長さを持て余していた。早くお年玉をもらって、ゲームソフトを買いに行きたかった。

「大晦日って、なにしてた?」

「人生ゲームとか、みんなで」

黎子さんに問われて、千瀬ちゃんが答える。彼女の実家では、家族でボードゲームをするのが恒例だったそうだ。人生ゲーム。そういえば、うちにもあった。プラスチック製のルーレットが回転するときの、もの悲しい音が耳の奥によみがえる。「懐かしい」と、僕の斜め前の席で黎子さんが目を見開いた。

「私、子どもが生まれるマスに止まることが多くて、あのマッチ棒みたいなピンが車に乗りきらなかったことが何回もあるよ」

「じゃあ、お祝い金、いっぱい?」

千瀬ちゃんが尋ねる。子どもが生まれた人は、ほかのプレイヤーからお金をもらえるというルールのことを話しているようだ。黎子さんは笑って頷いた。

「そうそう。だから強かった。あのゲームって、所持金の多い人が勝ちなんだよね。先にゴールした人じゃなくて」

「私はよく破産してた」

「破産か。なんか千瀬ちゃんっぽいかも」

僕の発言に、「なんで」と千瀬ちゃんが唇を尖らせる。と、伍郎さんが一際《ひときわ》温かい眼差しでこちらを見ていることに気づいた。

「伍郎さんは、強かったほうですか？」

「いやあ、僕は人生ゲームで遊んだことがないんだよね」

「あ、そうなんですか」

伍郎さんの顔は微笑を模《かたど》っていたけれど、陰りに似たものが黒目を横切ったような気がした。この人の生い立ちや家族のことを、僕はほとんど知らない。ただ、複雑な環境で育ったのは間違いないようだ。親について、「どっちもまだ生きているはずだけど」と話していたことがあった。

「話を聞いているだけでも面白いね。子どもが生まれたり、破産したり。ドラマチックだなあ」

「でも、そういうことだけが人生じゃない」

ガラス製の御猪口《おちょこ》を手に取り、黎子さんが呟く。僕も自分の御猪口を親指と人差し指で挟んだ。伍郎さんがデパートで買ってきたというこの日本酒は、風味がとても爽やかだ。狭い液面には、ダイニングテーブルの上の照明の光が滲んでいる。僕はそれに口づけるように酒を飲み干した。人生ゲームに離婚のマスはあったのか。どうしてもそれが思い出せない。


「あ、起きた」

瞼を開けた瞬間の眩しさに、上半身を起こした。毛布の端が肩からずり落ちて、腹の前で襞《ひだ》を作る。「寝ぼけてる?」と訊かれて顔を動かすと、背もたれの向こうに千瀬ちゃんが立っていた。

「あれ? 僕、なんでソファに?」

座面や背もたれの手触りをなんとなく確かめる。焦茶色の、布張りのソファだ。僕が越してきたときからここにある。おそらく、あまり高いものではない。布の一部はすり減ったり、毛羽立ったりしていた。

千瀬ちゃんが呆れたように僕を見た。

「覚えてないの?」

「一時間くらい前かな、ちょっと仮眠するって言って、ソファに横になったんだよ」

答えをくれたのは、ダイニングテーブルの食器を片づけていた黎子さんだった。天板を埋め尽くしていた料理はおおかた食べ尽くされていて、日本酒の四合瓶も、二本が空になっている。自分の家なのだから、多少酔っても構わないだろうと、自制心をあまり働かせなかったことを思い出した。眉間を揉む僕の前で、千瀬ちゃんがテーブルを拭き始めた。

「飲みすぎ」

「ごめん」

「でも、間に合ってよかったね」

黎子さんがテレビを指差した。画面左上に映し出された数字は、23:56。歌番組はとっくに放送を終えて、今は全国の寺の様子が中継されている。上着をめいっぱい着込んだ参拝客で、どこも大行列だ。北国では雪が大人の背の高さまで積もっていた。画面が白い。

「あと三分」

千瀬ちゃんが呟く。そのとき、黒いコートを羽織り、ストライプ柄のマフラーと手袋を身に着けた伍郎さんがリビングに入ってきた。伍郎さんも相当飲んでいたような気がするけれど、顔色がまったく変わっていない。僕ほどには酔わなかったらしい。

「あー、良成くん。今年中に目が覚めてよかったね」

「出かけるんですか？」

「初詣だよ」

またしても黎子さんが答えた。

「この人、年が明けたら駅の反対側の神社に、毎年初詣に行くの」

「商売繁盛の神さま、恵比寿さまが祀《まつ》られている神社なんだよ」

「黎子さんは？　一緒に行くの？」

千瀬ちゃんが尋ねた。伍郎さんと黎子さんの顔を交互に見ている。「行かないよう」と、黎子さんは緩やかな笑顔を見せた。

「お腹いっぱい食べて、お酒もいっぱい飲んで、このまま寝たいくらいなのに。伍郎も明日にしたら？」

「そういうわけにはいかないよ。先代社長のころからの習慣なんだから」

苦笑混じりに伍郎さんが返したとき、ごーん、と腹に響くような音がして、テレビに映る数字がすべてゼロに変わった。「明けましておめでとうございます」と、男性アナウンサーの落ち着いた声音を皮切りに、四人で頭を下げる。肌の表面を弱く撫でられているような、落ち着かないこの感覚。新年の挨拶をするとき、僕はどうしてもくすぐったい気持ちになる。ごっこ遊びをしているみたいに思えるのだ。

視界の隅でロクロウが唐突に首を動かして、「明けまして、おめでとうございます。今年も、みなさんと、楽しいことを、いっぱいしたいです。よろしくお願いします」と言った。胸のディスプレイのハートは、喜びを表す黄色で埋まっていた。

「ねえ、みなさん。今年最初の、写真を、撮りませんか？」

全員で短く顔を見合わせた。ロクロウがうちに来た日はつい流されてしまったけれど、僕は伊都子と別れてから、写真や動画など、今がのちのちまで残るものをすっかり嫌いになっていた。でも、ロクロウが「今年最初の」と言ったことで、この撮影には、重要な意味があるように感じられる。断りにくい。

「すっぴんだし、お酒飲んじゃってるし、今は嫌だな」

だから、黎子さんがこう答えてくれたときにはほっとした。でも、話し方は早口で、声量も抑えられていて、明らかにロクロウに向けた言葉ではなかった。伍郎さんが心得たように、「またあとにするよ」と通訳する。「わかりました」とロクロウが応答した。

「じゃあ、行ってくるね。そんなに遅くはならないと思うけど、僕のことは気にせず、先に寝ていいから」

「いってらっしゃい」

僕たちはその場から動くことなく伍郎さんを見送った。外から鍵をかける音が聞こえてきて、一瞬、沈黙が広がる。「チャンネル、替えちゃおうか」と、黎子さんがリモコンを手に取った。今度は画面いっぱいに、男性アイドルたちのカウントダウンコンサートが映し出される。ベテランから新人まで、さまざまなグループがステージに立っていた。黎子さんが四、五十代と思われる一人を指差し、「懐かしい。この人、私が高校生のときに大人気だったんだよ」と声を上げた。「クラスにもファンの子がいて、絶対に彼と結婚するって宣言してたなあ。そのために東京の大学に行くんだって張り切ってた」

「黎子さんは、好きだったアイドルとかいるの？」

千瀬ちゃんが尋ねた。

「んー、女の子のアイドルで好きだった子は何人かいるよ。でも、ファンとまではいかないかな。千瀬ちゃんは？　よく音楽を聴いてるよね？」

「曲を買ってるバンドはいる。でも、ライブに行って、実物に会いたいとはあんまり思わない」

「曲が聴ければ充分なんだ」

「うん。本物の人は別にいい」

暖かい部屋で、千瀬ちゃんと黎子さんのなんでもない会話を聞いている。料理の残り香とテレビの雑音が、寝起きの嗅覚と聴覚を曖昧にぼやかしていく。平太に会いたい気持ちと一人で格闘しなくていい。元妻の悪口をぶつけられる心配もない。こんなに穏やかな正月は、久しぶりだった。

遠くで救急車のサイレンが鳴っている。僕は背もたれに上半身を預けて目を閉じた。どうか助かりますように。普段は駅で人身事故のアナウンスを耳にしても、ああ、そうか、と思うだけなのに、今はごく自然に祈っていた。これも心が落ち着いているおかげなのだろうか。千瀬ちゃんと黎子さんは、まだアイドルについて話している。「君を独り占めしたい、そんな僕を許してよ」と、テレビからはポップなラブソングが流れている。

数秒後、サイレンが止まった。

8　黎子

まとまりかけていた見合い話を一方的に破談にして、私が東京に出てきたのは、二十三歳の夏だった。最初の二年は寮完備の新聞販売店でせっせと働いて、その後、ホステスになったのは、単純に時給に惹かれたからだ。けれども、人が飲食する場で話し相手を務めるのは、想像していたよりも遥かに楽しいことだった。どんなにしかめ面な人も、女の子の身体に触りたがる人も、ものを食べているあいだは幼くなる。人気ナンバーワンになることはなかったけれど、毎月それなりの成果は出せていた。

その日は休みで、私はコーラを片手に深夜番組を観ていた。すると、変人を紹介するというコーナーに、「三人と同時に付き合っています、でも浮気じゃないよ」と書かれたフリップを持った、三十代前半の女性が現れた。スタジオにいた芸能人たちの、呆れと恐れの入り混じった視線。「いや、どう考えても浮気を正当化しているだけでしょう」と、ゲストの一人は勝ち誇った表情でつっこみ、それでも彼女は、「両思いの相手がいっぱいいるのって、すごく幸せですよ」と弾けるような笑顔を返した。

これが、私とポリアモリーの出会いだった。

翌日、店のパソコンでさっそくポリアモリーを検索した。一人を愛することを表すモノアモリーの対義語として、ギリシア語で複数を意味するポリを用いて、ポリアモリー。発祥地はアメリカで、ポリアモリーを実践している人間のことは、ポリアモリストと呼ぶらしい。日本にも小さなコミュニティグループがいくつかあると知り、私はその中のひとつに出入りするようになった。グループといっても名簿や会費の類いはなく、あくまで同志と交流するための場にすぎない。「自由を求めるポリアモリストを管理しようとするのは、滑稽以外のなにものでもないから」と、当時の代表はよく言っていた。

このグループを通じて、私は伍郎と知り合った。すぐに好きになった。もちろん、特別な意味で。彼はそれまでに会ったことのあるどんな人とも違った。優しいという言葉には収まらないほど優しかった。不機嫌にならない男性というのは、私にとって、伝説の秘宝にも近かったのだ。当時、伍郎には夕美さんとは違う恋人がいたけれど、構わず交際を申し込んだ。そうできることに、ポリアモリストとしての幸せを感じた。

初めて二人で出かけたときから、伍郎とは、もう何年も過ごしてきたみたいにしっくりきた。この人と一緒にいれば、大丈夫。常にさざ波に揺られているみたいだった心が、ついに砂浜に辿り着いたのだった。気持ちが安定したことで、私はもっとたくさんの人と付き合ってみたいと思うようになった。帰る家があるから、旅に出られる。それと同じだ。もっとも多いときで、六人と同時に付き合った。身体は忙しくても、心はいつも軽かった。

やがて私は、グループの広報のようなポジションで、インタビューを受けるようになった。ポリアモリストには弁の立つ人が少なくなかったけれど、大半は顔出しや実名公表がNGで、その手のことが気にならない私は便利な存在だったようだ。ウェブマガジンにコラムを連載していたこともある。伍郎と相談して始めたスナックにも、私目当てにやって来るお客さんはたくさんいて、ポリアモリーに興味があるという人にはグループを紹介した。交流会の参加者は、回を重ねるたびに増えていった。

けれども、五年前、私はそのグループから離れた。あなたは人と簡単に付き合いすぎるのではないか。数人からそう指摘されたのだ。「佐竹さんがやってることは、ポリアモリーじゃなくてフリーセックスだと思う」と口にする人もいた。私を擁護する人もいたけれど、派閥が生まれそうな雰囲気が辛くて、抜けたほうがいいと思った。このグループに対して、私は私なりに恩義や愛着を感じていた。なにせ伍郎と出会った場所だ。壊したくなかった。

グループを離れてからは、メディアに出るような依頼は全部断っている。自分のことを、ポリアモリストと称するのもやめた。私は複数愛者。意味は同じでもカタカナをやめるだけで、今までのコミュニティを脱せられたような気がした。交流会に行かなくても、デイブレイクのおかげで出会いには事欠かなかったから、いろんな人と付き合って、別れて、けれども伍郎はいつだって私のそばにいた。別れが頭を過《よ》ぎったことは、一度もなかった。

「それでは、これで」

飯野《いいの》さんの一言に、張り詰めていた糸が切れたような気がした。あ、終わった、と思った。まるでゴールテープを通過した瞬間のように。でも、違う。始まったのだ。彼のいない生活や、人生のスタートを私は切ってしまった。身体が小さくぶるりと震えた。

「またなにかありましたら、ご連絡させていただきますので」

書類をクリアファイルに挟んで、飯野さんは微笑を浮かべる。「分かりました」と小声で応えた夕美さんは、パチンと音を立てて印鑑ケースを閉めた。彼女は確か、私の三歳下だったはず。丸顔で、黒目が大きくて、眉が垂れていて、初めて会ったときには少女じみた魅力を覚えた。それが今では、灰色がかった表情をしている。目にも肌にも艶がない。ファンデーションは随分雑に塗られたらしく、小鼻のあたりで縒《よ》れていた。

「夕美さん、今日はわざわざお店まで来てくれてありがとう」

膝に両手を置いて頭を下げた。けれども、夕美さんの暗い瞳は変わらない。「いいえ」と短く首を振り、ソファから立ち上がると、コートを腕に取った。彼女が店に足を踏み入れてから、一時間半。まだ一度も目が合っていないような気がする。一刻も早くここから立ち去りたいと、全身で主張しているみたいだ。

夕美さんの身体が出口を向いた。

「あの」

気がつくと、呼び止めていた。

「はい」

「お酒、持ってく?」

「お酒?」

夕美さんが私を見つめる。やっと視線が重なった。眉毛がやけにぼさぼさで、あの日から一度も手入れをしていないのかもしれない。この人もまた、伍郎のことを好きだったのだ。分かっていたはずのことに胸が痛くなった。

「伍郎が好きだった日本酒、何本かあるから。荷物になっちゃうかもしれないけど」

私も席を立ち、カウンターの内側に回った。夕美さんとは酒の趣味が合うと、前に伍郎が話していたのを思い出したのだ。それに、酒に頼りたい夜は、これからもきっと何度だって訪れる。店の在庫として抱えているよりは、誰かに飲んでもらったほうがいいだろう。

踏み台に上がり、戸棚の上段に手を伸ばす。そのときだった。「いりません」と鋭い声がした。腕を上げたまま、私は後ろを振り返る。夕美さんの目の中で、金色の光が弾けていた。彼女の生きた感情を、久しぶりに見たような気がした。夕美さんの目尻は瞬く間に吊り上がり、唇の片端が窪んだ。

「お酒なんて、欲しくありません」

一転して、夕美さんは私から目を逸らさない。視線で私を刺そうとしているみたいだ。

「え、あ、そう？」

「私、あなたのそういうところが本当に嫌です。第一パートナーだからって、自分こそがごろちゃんの正室です、みたいな、そういう振る舞いはやめてください」

「別に、そんなつもりは――」

踏み台の上で手を伸ばしたまま喋ることの間抜けさに気づき、私はやっと床に足を着けた。確固たる意志をもってポリアモリーを実践していた伍郎に、正室や側室といった考えはない。もちろん、私にも。第一パートナーとは、誰かの立場を上げたり下げたりするものではない。第一パートナーのような決めごとを作らないポリアモリストも多いだろう。夕美さんがなにを言いたいのか、とっさには理解できなかった。

「私は一年祭には出席しませんから。お墓が完成したら、飯野さんを通じて連絡してください」

夕美さんはそう吐き捨てると、店を飛び出していった。身体がふらつき、思わずカウンターに手を突いた私に、「まだ二ヶ月も経っていませんから」と、飯野さんが微笑む。けれども眉間には皺が寄っていて、困っているようにも見えた。

「心の整理がついていないんですよ。佐竹さんも、無理をなさらないでくださいね」

「私は大丈夫です。店は休んでいますし、一緒に暮らしている人間もいますから」

飯野さんは優しげな表情はそのままに、静かに顎を引いた。伍郎がこの人を信頼して、会社の顧問弁護士になってもらった理由が分かるような気がする。私の五歳上だという飯野さんは、いつも落ち着いていて、慌てたり、語気を強めたりすることがない。伍郎は威圧的な人が大の苦手だった。これも、子ども時代の影響だろう。脂ぎっていない雰囲気が、伍郎と似ていた。

「それでは、私もこれで失礼します。なにか進展がありましたら、またご連絡しますので」

もしも今、この人にセックスに誘われたら、私はちゃんと拒めるだろうか。不埒《ふらち》で不躾《ぶしつけ》な想像が頭に浮かぶ。自信はない。大学生のころのように、簡単に頷いてしまいそうな気がする。三、四年前から、私は伍郎と身体を重ねていなかった。彼からそういう欲望が消えたとばかり思っていたけれど、本当のところは分からない。夕美さんとのセックスは、続いていたのかもしれない。

私の妄想から逃れるように、飯野さんは書類を鞄に入れて立ち上がった。「くれぐれもお身体を大切にしてくださいね」とコートを小脇に抱えて、薄くなった頭を下げる。伍郎とはまた違った禿《は》げ方だ。飯野さんがドアを閉めると、骨に沁《し》みるような静寂が訪れた。

棚からグラスを取り、氷をぶち込んで、夕美さんに受け取ってもらえなかった日本酒を注ぐ。カウンターチェアに腰掛けて、グラスに口をつけた。香りが鼻から勢いよく抜ける。でもこれが、「値段のわりにキレがあって美味しい」のかは分からない。私の舌は、伍郎の舌ではないから。片腕を投げ出して、カウンターに右の頬をくっつけた。冷たくて気持ちがいい。

伍郎が死んだ。正月に死んだ。初詣に行く途中で、自転車の危険運転に驚き、派手に転倒して死んだ。自転車の運転者はまだ見つかっていない。警察によると、罪に問えるかどうかも分からないそうだ。

先週、五十日祭が終わった。仏式の、四十九日に相当する祭事だ。伍郎が遺書を残していたのは、不幸中の幸いだったのだろう。葬儀は神式で、喪主は私に任せたいこと。自分の両親に参列してもらう必要はないこと。次に会社を任せたい社員の名前と、営業方針について。それから、自分が加入している保険各種と、遺産のこと。両親の法定遺留分を除いた貯金は夕美さんに、そしてシェアハウスは私に相続して欲しいと、かしこまった文書の中で伍郎は述べていた。

葬儀には、仕事関係者とポリアモリーの仲間が大勢参列した。伍郎は自分が複数愛を実行していることを、特に隠していなかった。伍郎の部下の一人は、「最初に聞かされたときにはびっくりしたし、悪い女に騙《だま》されてるんじゃないかと心配もしたけど、段々と、渡辺社長らしいなって思うようになって」と涙ながらに私に話してくれた。そうなのだ。伍郎の中にはぎらついた欲望がほとんどなくて、浮気体質を肯定するために複数愛を選んだわけではないと、周りを納得させることができた。

寛奈も晶馬を連れて、千葉から来てくれた。晶馬はときどきひどくむずかって、「卓馬が預かってくれたらよかったんだけど」と、寛奈は肩身が狭そうだった。でも、突然の不幸にみんなが呆然《ぼうぜん》としている中、晶馬の存在はまさに光だった。葬式のあと、私は晶馬を抱っこさせてもらった。良成も「懐かしいな」と目を細めて、ストローマグを咥《くわ》えさせていた。晶馬がいなかったら、もっと救いようのない雰囲気になっていたと思う。

汗ばんでむっちりした肌と、尖った唇。水色を淡く溶かしたような白目。未来に向かってエネルギーを発散し続ける、小さな身体。

伍郎とのあいだに子どもがいたら、なにか変わっていただろうか。約十四年の付き合いの中で、子どもをもうけることは何度か考えた。けれども、私たちに入籍という考え方は馴染まず、となると、生まれてきた子どもの籍をどうするかも決められなくて、「どうしよう」「どうしようか」と、ふにゃふにゃ笑っているうちに、自然妊娠しづらい年齢に差し掛かっていた。結局、どちらも本気ではなかった、ということかもしれない。自分たちの生き方が、生活スタイルが、子育てに適しているかどうかも分からなかった。子どもが親を選べないことは、私も伍郎も身をもって知っている。

身体を起こして、再度グラスを口に運ぶ。そういえばここは、伍郎が店で食事をするときによく座っていた席だ。小鉢の中身をちまちま食べる伍郎の姿が瞼に浮かび、もっと揚げものを作ればよかった、と思った。脂身たっぷりの豚バラ肉や分厚い牛肉も、たまには使えばよかった。塩をたっぷり効かせて、ときには舌が溶けそうに甘いデザートも揃えて。健康診断の結果なんか気にしないで、伍郎の好物を、たくさん食べさせてあげればよかった。

グラスの中で氷が崩れた。

小さくドアが鳴った、ような気がする。きっと風だ。台風が関東に上陸した日、店を開けていたときにも、こんな音を聞いたことがある。あれは、何年前だっけ？　アルバイトの女の子に休みを言い渡したほどひどかった嵐の中、寛奈はわざわざ雨合羽を着込んで来てくれた。比較的近所に住んでいる常連のお客さんも数人が顔を出してくれて、最後には宴会のような盛り上がりになった。酔っ払いのうちの一人が、「俺は台風とひとつになりたい」と叫んで、上半身裸で外に飛び出していったことを思い出す。全員、頭のネジが緩んでいた。

「黎子さん？」

振り向くと、千瀬ちゃんがドアの隙間から顔を覗かせていた。床を舐めるように冷気が侵入してくる。千瀬ちゃんは、黒のダッフルコートを着ていた。こんな服、持っていたのか。高校生みたいですごく可愛い。この子にはやっぱり冬が似合う。顔だけが出るように、大判のストールで頭部をぐるぐる巻きにしてみたい。黎子さん、苦しいよって、涙目で言われたい。

「鍵、開いてたよ」

千瀬ちゃんはなぜか躊躇い気味に店の中へ入ってきた。ああ、風じゃなくてノックの音だったのかと、私はようやく納得した。

「看板は出してないから、間違えて入ってくる人なんていないよ。大丈夫」

「夕美さんと、あの弁護士の人は？」

「帰ったよ。三十分くらい前かな」

わざと時計を見ないで答えた。私が三十分前だと思っているなら、それでいい。本当のことは知りたくない。

「千瀬ちゃんは、どうしたの？」

「黎子さんが帰ってこないから。メッセージを送っても、全然既読にならないし」

「あ、ごめんね。スマホ、バッグに入れっぱなしだった」

ソファ席に放り出したままの鞄に目を向けた。やけにくったりして見える。伍郎が死んでから、物に対する愛着が減った。どんな食器にどんな食べものが載ろうがどうでもいい。服も毎日適当に選んでいる。以前は店のこともあったから、天気予報をわりとこまめにチェックしていたけれど、最近は晴れても雪でも構わない。寒さもあまり感じなかった。

「黎子さん、大丈夫？」

「なにが？」

千瀬ちゃんはいつも言葉が足りない。

「毎晩飲んでるから」

「お酒のこと？」

「うん」

「酔うほど飲んでないよ。店をやっていたときのほうが、酒量は多かった」

言ってから、まるで店を閉めたようなニュアンスだと思った。デイブレイクを再開する時期は、まだ決めていない。五十日祭が終わるまでは、警察や銀行や役所や葬儀社や、毎日いろんなところに足を運ぶ必要があり、仕方なく休みにしていた。諸々の手続きが完了すれば、また開けられる。そう考えていたはずだ。けれども、いざ忙しさが一段落しても、そんな気持ちにはとてもなれなかった。

「そういうことじゃなくて」

泣きそうに眉をひそめて、千瀬ちゃんが俯く。ああ、可愛い。私は隣の椅子を手のひらで軽く叩いた。座面から埃が舞い上がる。銀色できれいだ。

「千瀬ちゃんも飲もうよ。そうだ、私、なにか作るよ。缶詰とか冷凍食品とか、いろいろ残ってるから」

「ねえ、帰ろうよ。良くんも心配してるよ」

「なんなのよう、二人揃ってそんなに心配して。私は大丈夫だってば。ねえ、一緒に食べようよ。久しぶりに料理したい気持ちになっちゃった」

なぜかひとりでに喉が震えて、口から小さく笑い声が漏れた。私は手を壁に沿わせながら、もう一度キッチンに入り、棚からコンビーフの缶詰を、冷凍庫からフライドポテトの袋を取り出した。ポテトをアルミホイルに並べて、オーブントースターで加熱する。コンビーフの缶を開け始めると同時に、千瀬ちゃんが諦め顔でコートを脱ぐのが見えた。

フライパンにマヨネーズを落として火を点ける。オフホワイトのぽってりした塊がとろけてきたところで、コンビーフを投入。木べらでほぐしているうちに、オーブントースターがチンと鳴った。フライパンにポテトを加えて、塩と粗挽《あらび》きの黒こしょうで味をつける。我ながらいい手つきだ。だから、酔うほど飲んでいないと言ったのに。お客さんから出張土産にと渡されて、家に持ち帰り忘れていた冷凍餃子《ぎょうざ》も電子レンジで解凍した。

「お酒、どうする？　瓶ビールもあるけど」

ビールは年末から冷蔵庫に入っている。よーく冷えているはずだ。

「じゃあ、瓶ビール」

寛奈からもらった猫の形の栓抜きで開栓した。細い口から泡が垂れる。千瀬ちゃんは諦め顔のまま、小ぶりのグラスを軽く持ち上げた。この店に初めて来たときは、まだ二十歳そこそこで、こんなこなれた仕草はできなかったのに。異国の祭りに放り込まれたみたいだったのだ。

「なに？　なんで笑ってるの？」

「私、笑ってた？」

「うん」

「いやあ、大人になったなあと思って」

「会ったときから大人だったよ」

千瀬ちゃんの唇が尖る。私もカウンターチェアに戻ろうかと思ったけれど、隣より正面から千瀬ちゃんを見ていたくて、キッチン内のスツールに腰を下ろした。「いただきます」と千瀬ちゃんが小さな手を合わせて、箸を持つ。「召し上がれ」と私は応えた。

「あ、美味しい」

「よかった」

最初の一口を千瀬ちゃんが飲み込んだのを確認して、私もコンビーフまみれのフライドポテトに手をつけた。味が少し薄かったかもしれない。でも、千瀬ちゃんはなにも言わずに食べている。今日は音楽をかけていないから、店内は静かだ。カラオケの機械を設置した関係で、壁と天井には防音工事を施している。ソファ席側には窓もなくて、まるで密閉されているかのようだ。

「千瀬ちゃんは、どうして石川から上京したの？」

気分を変えたくて尋ねた。

「今、訊くの？」

今更質問するのかという意味のようだ。そういえば、付き合っているときには、あまり昔のことを訊かなかった。

「うん、今、知りたい。高校を卒業して、すぐに東京に来たんだっけ？」

「ううん、三年くらいは地元でふらふらしてた。コンビニとか、ファミレスとかでバイトして」

「へえ。だったら、どういうタイミングで上京しようと思ったの？」

「えっと」

千瀬ちゃんは短く目を伏せた。箸で餃子をふたつに割って、片方を口に運ぶ。皿に残されたもう半分から、湯気がふわりと立ち上った。

「ラジオを聴いたの」

「ラジオ？」

「うん、ラジオ。うちのお父さんは、車を運転するときには絶対にラジオをかけるの。音楽じゃなくて。そうしたら、黎子さんが出てきて」

「あー」

千瀬ちゃんは今、二十六歳だ。彼女が高校を卒業して地元でふらふらしていたという七、八年前は、私がポリアモリーグループの広報を務めていたころと重なる。私がゲスト出演したラジオ番組を、千瀬ちゃんはたまたま耳にしたのだろう。

「ポリアモリーは複数の人と同時に付き合うからこそ、誰かと依存関係になることがない。ここには本当の好きしかないって言ったの。私、格好いいなあって思った。それで、ネットでいろいろ調べているうちに、黎子さんのコラムに辿り着いて……。長い文章を読むのは苦手だけど、黎子さんの言葉はすうっと頭に入ってきた。更新されるのが本当に楽しみだった。でもある日、その連載が最終回を迎えて、今後は表に出るような活動はしないって書かれているのを読んで……。それで、東京に行こうと思ったの」

「えっ」

「デイブレイクに来れば、黎子さんに会えると思ったから」

順調に階段を上っていたつもりが、急に段差が高くなったみたいだ。つま先が引っかかったように、話の展開に転びそうになる。千瀬ちゃんがこの店に来た目的が私にあることは分かっていたけれど、上京の理由までもが私に繋がっていたとは、全然知らなかった。

「そのために、わざわざ？」

「最初にここに来たときは、まだ実家に住んでたよ。でも、付き合って欲しいって言ったら、黎子さんがいいよって応えてくれたから、だったら東京に引っ越そうと思って」

千瀬ちゃんはグラスの中身を飲み干した。ぷはっと息を吐き、目を瞬《しばたた》かせる。おかわりを注ごうと私が手を伸ばすより早く、千瀬ちゃんは自分でビール瓶を手に取った。

「こういうの、重たいっていうんでしょう？　分かってる。ちゃんと分かってるの」

とくとくと音を立て、金色の液体がグラスに満ちていく。その様子を凝視する眼差しに、千瀬ちゃんに初めて会ったときのことがまた思い出された。誰かに刃物を突きつけられているような表情で、入口に立ち尽くしていた、華奢な女の子。しっかり年齢確認させてもらったほど、あのときの彼女は幼かった。女の子は硬い面持ちのまま、私が勧めたカウンター席に座り、ハイボールとモロへイヤのおひたしを頼んだ。周りのお客さんが、「初めて？」とか「どこでこのお店を知ったの？」とか尋ねても、そこに答えが書かれているかのように、真っ直ぐにグラスを見つめていた。

「重たいなんて思わないよ。嬉しいよ」

「でも私だけ、一人としか付き合ったことがないし」

複数愛者を自認しながら、千瀬ちゃんは二人以上と同時に交際したことがない。私と付き合っていたときには私と、良成と付き合っている今は、良成と。ポリアモリーのグループに顔を出していたときも、そういう人は少なからずいた。だからといって、彼ら彼女らはポリアモリストではないと否定する必要はない。経験や実情よりも、複数愛を理解しようという心持ちがあるかどうかが大切なのだ。

「千瀬ちゃんはたぶん、誰かと付き合うことに対してフットワークが軽くできてないんだよ。それは悪いことじゃないし、人との繋がりっていうのは縁だから、気にすることない。いいなと思う人と出会うときは、一瞬だよ」

私も餃子を口に入れた。皮が厚くて、食べ応えがある。こちらは随分と味が濃かった。パッケージには宇都宮土産とあったけれど、誰が買ってきてくれたものか、どうしても思い出せない。年末年始の記憶はなぜかまだらに薄れていて、現在に近いことほど上手く回想できなかった。

「ねえ、どうして私と別れたいって言ったの？」

餃子の贈り主を突き詰めることは諦めて、私は千瀬ちゃんに尋ねた。

「それも今、訊くの？」

「あのときも訊いたよ。でも、教えてくれなかった。私のことが嫌になったのかなって思ったけど、別れてからも店には来てくれたし、良成とうちに引っ越してきたらっていう提案にものってくれた」

「……私にも分からない」

俯き気味に答えた千瀬ちゃんは苦しそうだった。箸を動かしていた互いの手が止まり、エアコンの風の音が鼓膜を震わせる。カウンターの上に投げ出された千瀬ちゃんの手は、爪が小さくて小指が短かった。千瀬ちゃんが顔を上げる。今にも泣き出しそうだ、ああ、この子はずっと変わらず私のことが好きなんだと、脳から温かい液体が噴き出すのを感じた。

「千瀬ちゃん」

「なに」

「もう一回、付き合おうか」

「えっ」

千瀬ちゃんの黒目が分かりやすく泳いだ。

「私たち、もう一度恋人同士になろうよ。今までどおり、千瀬ちゃんは良成を優先してくれて構わないから」

「でも」

開きかけた唇を閉じて、千瀬ちゃんがグラスに視線を戻す。痙攣《けいれん》するように動いている眉毛が、彼女の混乱を伝えている。目もとはかすかに潤み、頬と耳朶《じだ》は赤くなっていた。千瀬ちゃんはアルコールに強いから、酒のせいではないだろう。

「千瀬ちゃん、キスしたいな。キスしよう」

千瀬ちゃんの困り顔に、いつになくぞくぞくした。もっと追い詰めたい。泣かせたい。それでも嫌いになれないんでしょう、と耳もとで囁いてみたい。と、ここまで考えて、自分の加虐心にぎょっとした。誰に対しても優しい。それが私、佐竹黎子ではなかったか――。

「それって」

ひくついていた千瀬ちゃんの眉が、こことという場所を見つけたように静止した。

「それって、伍郎さんの代わりにしたいってこと?」

甲高い音が鳴り響いた。「えっ、なに?」と寝起きに頬を張られたような気持ちで私があたりを見回しているうちに、千瀬ちゃんはコートのポケットからスマホを取り出した。「良くんだ」と呟いて、その小さな板を耳に押し当てる。

「はい……うん、まだ店。黎子さんが作ってくれて……あ、ご飯っていうかおつまみ。それで、ちょっとだけ飲んでた。ううん、もう帰るよ。うん、黎子さんも一緒に。ちゃんと連れて帰る。

うん、うん」

頷きながら応答している千瀬ちゃんが、一瞬、まったく知らない人のように感じられた。千瀬ちゃんは普段、恋人に対して甘い好意を示さない。私と付き合っているときもそうだった。でも、今、電話で話している千瀬ちゃんは、明らかに相手に気を許している。

「じゃあ……うん、はーい」

耳からスマホを離して、千瀬ちゃんは節の目立つ指で画面をタップした。

「黎子さん、早く食べて帰ろう。良くんも待ってるよ」


低血圧ではないけれど、目が覚めた直後は大切なことを忘れているような気がして、しばらくぼうっとしてしまう。店の仕入れのこと、今日のメニューのこと、スタッフのこと。空白はどこにあるのか一通り頭を巡らせて、違う、今は休業中だと思ったあとは、伍郎の死を再認識して目の前が暗くなる。そんなことを、もう何度も繰り返している。

デイブレイクを休むと決めたときには、生活リズムが崩れることを想像していたけれど、五十日祭から三週間が経った最近は、毎朝十時前後に瞼が開くようになった。一日中眠ったり、はたまたずっと起きていたりすることは、意外と体力を必要とする。今日も二度寝はできそうになくて、身体から布団を剝いだ。ベッドの下に置いていたグラスを摑み、一階に下りる。どうせ誰もいないから、部屋着のままだ。

グラスは昨晩、眠りに就く直前まで酒を飲むのに使っていた。洗うついでに、キッチンで水を一杯飲む。リビングのカーテンは全開で、掃き出し窓からは、本格的な春の気配を孕《はら》んだ陽光が差し込んでいた。良成と千瀬ちゃんは、とっくに仕事に出かけたようだ。伍郎が生きていたころも、平日は大抵こんな感じだった。ただ、三人が慌ただしく朝を乗り越えた痕跡だけがテーブルやソファに残っていて、それを眺めるのが好きだった。

近ごろの良成と千瀬ちゃんは、私に家事の負担がかからないよう、随分と気を遣ってくれているみたいだ。いつ流しを覗いても、汚れた食器は見当たらない。また、床は常にぴかぴかで、トイレや風呂場も気がつくと掃除が終わっていた。伍郎から相続した以上、この家の維持や管理は私に責任があるのに、なんだか申し訳ない。

眉間を揉みながら神棚の前に移動しようとしたとき、

「黎子さん、おはようございます」

と、ロクロウが話しかけてきた。私の姿を捉えたようだ。

「おはよう」

応えないと、このロボットにいまだ馴染めていない事実がさらに浮き彫りになりそうで、毎朝小声で返している。「今日は暖かく、よく晴れた一日になりそうです。どこかにお出かけしてみるのも、いいかもしれません」と、ロクロウは右手を上下に動かしながら、明るい声で続けた。もし私が病気や怪我で外に出られない身体だったら、今の発言に腹を立てただろうか。ロクロウ自身は春の陽気の中を歩く気持ちよさを知らないだろうに、それを人間に勧めるなんておかしな話だ。でも、伍郎に告げればきっと、「黎子は変なところで頭が固い」と笑われただろう。

スリープモードだったロクロウを良成が再起動させたのは、先週末のことだった。伍郎が死んだあとは、線香を上げたい人や、法的手続きの関係で来客が多く、その一人一人にロクロウが名前を尋ねるのが煩わしくて、一時的に眠らせていた。私と千瀬ちゃんはずっとこのままでもよかったけれど、良成に「伍郎さんの弟なんだから」と言われると、さすがに反対できなかった。

脚立に上り、天井近くに設《しつら》えた神棚から土器と榊立《さかきたて》を手に取った。それらをキッチンに運んで、水を入れ替える。生米と塩も新しくした。二礼二拍手一礼をしてお参りを済ませ、それからやっと、自分のためにインスタントコーヒーを淹れた。数ヶ月前に伍郎が買ったコーヒー豆は、まだ半分以上残っているけれど、使う気になれない。飲みきったときに、伍郎の存在感が薄れてしまうように思えた。

マグカップを抱えてソファに座り、神棚を見上げた。設置する場所には悩んだけれど、今はリビングにしてよかったと心から思う。故人は神となり、神棚に入って家を守る。それが神道の教えだ。故人を極楽浄土に送ろうとする仏教とは考え方がだいぶ異なる。私と出会ったときには、伍郎はすでにあらゆる信仰から慎重に距離を取っていて、だからこそ、彼が神式の葬儀を希望した理由が分かるような気がした。伍郎はこの家にいたいのだ。彼がなにより欲していたのは、結局、自分の家族だった。

粉が少なすぎたみたいだ。コーヒーはほろ苦いだけの茶色い湯で、全然美味しくなかった。

9　千瀬

「ロクロウ、今日の天気は？」

「この街の天気は、晴れときどき曇りです。最高気温は十三度、最低気温は四度です。雨の心配は、ありません」

「ありがとう」

「どういたしまして」

　ロクロウの目が瞬きをするみたいに点滅して、胸のパネルに黄色が広がった。首をほんの少し曲げるこのポーズがお辞儀だと気がついたのは、つい最近のこと。ネジが緩んでいるのかもしれないとどきどきしていたから、安心した。コートを着て、ロクロウに手を振る。私の動きを認識したみたいだ。ロクロウは指が五本ある右手をちゃんと上げて、顔の横で振り返してくれた。

　二階には声をかけないで家を出た。今は、朝の八時四十分。黎子さんは、たぶんまだベッドの中だ。良くんは、七時過ぎに出かけていった。このごろの良くんは、朝早く家を出て、夜遅くに帰ってくることが多い。行き先は知らない。平日の朝くらいしか顔を合わせないから、訊くこともできない。訊きたい気持ちもあんまりない。これは、私が冷たいからなのかな。

イヤホンで音楽を聴きながらのんびり歩いて、スキャットには九時ぴったりに着いた。華さんが、「いらっしゃいませ。お待ちしていました」と、ガラス製のドアを開けて出迎えてくれる。いつもより笑顔が少し硬いような気がしたけれど、華さんも眠たいのかもしれない。開店したばかりなのに、店にはもうシャンプーやヘアカラーの匂いが漂っていた。レジカウンターの内側に座っていた高畑《たかはた》さんが、ノートパソコンから顔を上げて、「おはようございます」と笑いかけてくれる。高畑さんは、スキャットのオーナーで華さんの夫だ。この人の、もみあげと繋がっている顎鬚《あごひげ》が目に入るたび、どうしてこういうふうにしたのかな、と思う。私が男だったら、絶対に繋げない。

華さんが、ふたつ並んだカット台のうちのひとつを私に勧めて、

「珍しいですね、志田さんがこの時間に予約を入れてくださるの」

「やることがなくて……」

本当は、黎子さんが起きてくる前に、朝食や身支度を済ませたかったというのが理由だ。二週間前に「もう一回、付き合おうか」と言われてから、なるべく顔を合わせないようにしている。あれをなかったことにして、なんでもない顔で話しかけられても寂しいし、もう一度、交際を申し込まれても困る。そうなると、ゆっくり寝ているわけにはいかなかった。

「やることがないんですか？　最高じゃないですか」

笑うと華さんの目尻には、黎子さんのものより細かくて小さな皺が寄る。訊いたことはないけれど、黎子さんよりも年上だと思う。小学生の子どもが二人いると言っていた。喋り方が穏やか

で、化粧も薄くて、あんまり美容師っぽくない。この街に引っ越してきたばかりのころ、駅前でチラシをもらってスキャットに行ってみたという良くんに、「あそこなら千瀬ちゃんも平気じゃないかな」と紹介されたのだった。私は美容室が苦手だから、通ってもいいと思えるところがすぐに見つかって、ほっとした。

「今日はどのくらい切りますか？　いつもくらい？」

「はい、いつもくらいで」

華さんには、肩につくかつかないかくらいで毎回整えてもらっている。伍郎さんのことがあってしばらく来られなかったから、今では鎖骨の下まで髪が伸びていた。どこをどういうふうに切っていくのか、華さんは今日も鏡を使って丁寧に説明してくれた。私はとりあえずたくさん頷いて、それからシャンプー台に移動した。

華さんの指が私の頭を擦《こす》る。シャリシャリと、氷を薄く削っているときのような音が頭に響く。私は二十二歳で家を出るまで、お母さんに髪を切ってもらっていた。もちろん、カットの前にシャンプーなんてしなくて、私は他人に髪を洗われることを、東京に来て初めて体験した。すっきりして気持ちいいけれど、仰向けの姿勢が急所をさらけ出しているみたいで、少しそわそわする。ティッシュペーパーで顔は覆われるし、私を殺すなら今、という感じ。

「洗い足りないところはありますか？」

「ないです」

息でティッシュペーパーが乱れないように、小さな声で答えた。華さんが私の髪を束ねて絞っている。頭を漬け物石みたいに持ち上げられるときもあって、まるでただの物になったみたい。仕事中に患者さんの歯を見たときにも思う。人間の身体は、ときどきすごく物だ。

さっきの椅子に戻り、髪を乾かされたあとに、いよいよカットが始まった。鏡の前には雑誌が三冊並んでいて、私はその中から、帽子を被った女の子がウインクしている表紙のものを手に取った。この女の子にも服にも興味はないけれど、美容室にいるあいだ、雑誌は盾になるから。話しかけられる回数を減らすために、読んでいるふりをすることが大切なのだ。

シャキシャキと耳もとで涼しい音がする。切られた髪の毛がケープに降る。髪の毛に神経が通っていなくてよかった。もし痛みを感じる仕組みになっていたら、散髪のたびに大手術だ。お客さんも、歯医者に行くときのように覚悟を決めて、美容室に予約を入れるのかなあ。そんなことを考えているうちに、髪はどんどん短くなっていった。

ハサミを細かく動かしながら、華さんが言った。

「そういえば、このあいだ朝川さんがいらっしゃいましたよ」

良くんが髪を切ったのは、ちょうど一週間前のこと。良くんのさっぱりした頭を見て、自分も切ったほうがいいことに気がついた。私が、「はい、短くなっていました」と応えると、華さんは、

「あの日の朝川さん、すごく明るくて、いろいろ喋ってくださったんですよ」

と、鏡の中の私を強く見つめて言った。

「いろいろ」

思わず繰り返してしまう。

「志田さんと暮らしてらっしゃるおうちのこととか」

「うちのこととか」

鏡越しにまた目が合った。華さんが私の後ろ髪をすくい上げる。それだけのことに、うなじがひやっとした。

「朝川さんがおっしゃっていたことが全部本当だとは思っていないんですけど」

「えっと、良くんは、なにを?」

雑誌が急に石になったみたいだ。重い。ページを閉じて、鏡の前に戻した。

「朝川さんは、自分は志田さんのほかにも彼女がいて、その人も一緒に住んでるって言っていました」

そのとき、「ごめんごめん、朝一に予約を入れておきながら」と、三十代くらいの男の人が店に入ってきた。「いらっしゃいませ」と華さんが挨拶をして、「いいよ。どうせ寝坊したんだろう」と高畑さんが立ち上がる。高畑さんとその人は、昔からの友だちみたいだ。知り合いの噂話でさっそく盛り上がっている。

華さんが声を潜めて、

「私、志田さんが騙されてるんじゃないかって心配で」

スキャットのBGMはジャズで、高畑さんの趣味らしい。華さんは、ジャズに興味がないそうだ。高いレコードやスピーカーを、なんの相談もなく買ってくることに困っていると言っていた。

あのときは大変だなあと思ったけれど、でも、本気で悩んでいるわけではなかったのだと思う。内側と外側では、ものの見え方が違うことがある。「大丈夫です」と私は言った。

「全然騙されていないです」

「あの朝川さんの話は本当なんですか？　みんなで複数愛？　を実行しているって」

「それは、本当です」

自分が複数愛者であることを隠すのはもうやめた、と良くんが言い出したのは、伍郎さんの五十日祭から数日後のこと。わざわざ公言はしないけれど、恋愛について訊かれたときに、これ以上嘘を吐きたくない。身近な人にこそ、少しずつ打ち明けていきたい。良くんはいやに早口でそう言った。同僚の一人にはすでに話したみたいだ。でもまさか、華さんにまで言うとは思わなかった。担当の美容師って、身近な人間に入るのかな。私にはぴんとこない。

「志田さんにも、朝川さんのほかに恋人がいるんですか？」

「いないです」

「それって、おかしくないですか？」

華さんの手の動きが遅くなる。ああ、もっとちゃんと説明しないとだめだ。このままでは、良くんが悪者になってしまう。華さんの口調は柔らかくて、前のアルバイト先の人みたいに、意地悪な興味で訊いているわけでは、たぶんない。だから、伝えないと。でもなにを？　複数愛者は自分の交際状況を必ずオープンにしていて、どのパートナーとも誠実に付き合っているということ？　一人の人間を独占しようとするモノアモリーの考えこそが恐ろしいと、複数愛者の一部は感じているということ？　私と良くんの立場はあくまで対等で、私もいつか、彼のほかに恋人を作るかもしれないということ？

「違うんです。みんな、そういうものだって分かっているから」

言えない。口にしようとした途端に、言葉が逃げていくに決まっている。「思っていることがあるなら、ちゃんと伝えないとだめだよ」と、小さいころからいろんな人に言われてきた。でも、頭の中身を他人に知らせるのが苦手なのは、パソコンの操作が覚えられなかったり、運動ができなかったりするのと同じだ。向き不向きがある。なのに、話せる人は、話せない人のことを臆病者や怠け者のように扱う。あのシェアハウスでも、私は頷いてばかりだった。

「志田さんが納得していらっしゃるなら、私がどうこう言うことではないんですけど」

高畑さんに案内されて、隣のカット台に男の人が腰を下ろした。爽やかで、今までいろんな人の視界の真ん中に映ってきたんだろうなっていう人。高畑さんと髪型について相談しながら、二人でまた笑っている。華さんの表情が急に明るくなった。

「前に働いていた店の後輩が浮気性の彼氏に十年近く振り回されて、大変だったんですよ」

「はい」

「でも、二年前にやっと別れてくれて。次にできた彼氏とは、すぐに結婚の話になって」

「はい」

「それで、半年前に、ついにママになったんです」

華さんが言いたいことは、よく分かった。もう一度髪を洗われたあと、「ブローしますね」と、ドライヤーの口を向けられて、右に左に上に下に髪がうねる。ジャズの音色も風の音に掻き消されて、ほかにはなにも聞こえない。髪の隙間から鏡を見ると、華さんは真剣な顔で私の頭を見つめていた。華さんはきっと、この世界に生きている人間の全員が、結婚して親になることを望んでいると思っている。だから、私のことを本気で心配できる。

しまった、と思ったときにはバスは動き出していた。「あっ」と声が出る。このバスの行き先を、私は知らない。でも、次のバス停まで止まらないことは確かだから、諦めて一番後ろの席に腰を下ろした。窓側が空いていてよかった。電車は全然平気なのに、バスや車は外の景色を眺めていないと酔ってしまうことがある。揺れ方が違うのかもしれない。

スキャットからの帰り道、私がバス停の横を通りかかったときに、ちょうどバスが来た。一人が降りて、一人が乗って、運転手と目が合って。気がついたときには、ふしゅうと音を立てながら、背中の後ろでドアが閉まっていた。実家から一番近いバス停は、二時間に一本しかバスが来なくて、乗りたいときには時刻表を見て早めに家を出なければならなかった。だからなのか、今でも目の前にバスが停《と》まると、乗らないともったいないような気持ちになる。でも、行動に移したのは今日が初めてだ。

電光掲示板を確かめると、終点は、普段通勤に使っている駅の隣の駅だった。そこで降りて、電車で帰ろう。そう決めたら、身体からやっと力が抜けた。鞄を膝に載せて、背もたれに寄りかかる。エンジンの音に負けないように、イヤホンを耳の奥にねじ込んで、音楽のボリュームを上げた。最近よく聴いているのは、女の人がボーカルの、ポップロック・バンドがリリースしたアルバムだ。どの曲も暗くないのに寂しくて、私の気分を選ばない。

手を伸ばせば届きそうなところを、建物や電柱や街路樹が流れていく。通行人の頭が斜め下に見える、地面から少しだけ浮いているみたいな、この高さ。夢で飛んでいるときと同じだ。魚の絵が大きく描かれた看板が走り抜けていって、反射的に、あれ知ってる、と思う。でも、どうして？　しばらく考えて、前に良くんがたい焼きを買ってきた店だとはっとした。伍郎さんが好きだったたい焼き屋だ。まつ……違う、うめ屋だ。

雨の日のキッチンで、たい焼きを温め直していた伍郎さんの後ろ姿を思い出す。赤く光るトースターと、ほうじ茶の香り。あれがたった半年前のことだなんて信じられない。じゃあ、伍郎さんがまだ生きているような気がするのかと言われると、それも違う。黎子さんに頼まれて、私と良くんは火葬場まで付き添った。通夜にも葬式にも伍郎さんの親族は来なくて、伍郎さんの骨を拾ったのは、私たち三人だけだった。

火葬場から葬儀社の車で家に戻る途中、伍郎さんがタイラノ会のコミューンで育ったことを黎子さんから聞いた。タイラノ会は、個人の所有を否定し、みんなで農業を営みながら暮らしている団体で、伍郎さんは中学卒業と同時に脱会したけれど、伍郎さんのお父さんとお母さんは、まだそのコミューンで暮らしている可能性が高いらしい。

身の回りに自分のものだと言えるものがひとつもない暮らしを、私は上手く想像できない。私の部屋は弟と共用で、自分のものは自分で管理しなさいと言われて育った。コミューンにいたころの伍郎さんの生活については、黎子さんも詳しくは知らないみたい。ただ、「その団体では、親子を早いうちに引き離して、別々の建物で生活させていたみたいだね」と言っていた。子どもは親の所有物ではなく、会全体の宝という考えがあるそうだ。それを聞いた良くんは、「その考えには賛同したくなっちゃうな」と、ぎこちなく笑っていた。

「こら、ちゃんと座ってなさい。お姉さんがびっくりしちゃうよ」

突然声がして正面を向くと、前の席の背もたれから男の子が顔を出していた。靴を脱いで、椅子に上がっているのかな。なぜか私の顔をじっと見ている。隣のお母さんらしき女の人に注意されても、男の子は目を逸らさない。どうしよう。女の人も振り返って、気まずそうに頭を下げた。

「すみません。なにか気になることがあるみたいで」

「あ、その、大丈夫です」

イヤホンを外して応えた。途端に、男の子の目が真ん丸になる。あ、そうか、イヤホンが気になっていたのか。確かに子どもにとっては、耳から生えている謎の紐みたいに見えたかもしれない。お母さんも気がついたみたいで、「あれはね、イヤホン。あれでお歌が聴けるんだよ」と、男の子に話しかけた。

「まーくんもやる」

「だめ。あれはお姉さんのだよ。まーくんのじゃないでしょう」

「やだ、やる。まーくんも、お歌聴きたい」

口をぎゅっと結んだまーくんに、お母さんの頰がひくっとする。大人が怒りを我慢していると

きの印だ。子どものころに何度も目にした。私は急いで、

「あの、聴いてみますか？」

と、イヤホンの片方を摘《つ》まんだ。

「いいんですか？　すみません。じゃあ、ちょっとだけ。まーくん、ちょっとだけだよ」

白い貝のような耳にイヤホンを近づけた。まーくんの薄い眉毛が中央に寄る。鼓膜が曲を捉えたみたいだ。「すごい」と呟いている。「ありがとうございます」とお母さんの声がして、私はイヤホンをまーくんから遠ざけた。

「これ、電池入ってる？」

「どうかなー。入ってるかなー」

お母さんは笑いながら首を傾げた。まーくんは最近、乾電池の存在を知り、それこそがこの世のすべてを動かしていると思っているらしい。伍郎さんの葬式で会った晶馬くんよりも、まーくんはだいぶ大きい……と思う。三歳か、四歳くらい？　あの日、晶馬くんはほとんど喋らなかった。ただオムツで膨らんだお尻を振って、歩いたり転んだりしていた。ほかに子どもがいなかったから、参列者はみんな、晶馬くんのことをうっすら気にかけていて、特に黎子さんと良くんは、ちょっと泣き声が聞こえただけで顔に分かりやすく力が入った。悪を嗅ぎつけたときの、正義の味方みたいだった。

二人に、「千瀬ちゃんも晶馬くんを抱っこさせてもらったら？」と言われたときには、目の奥が痛くなるくらいに腹が立った。黎子さんと良くんには、そういうことを口にして欲しくなかっ

たのに。「うるさくてごめんね」と言いながら、どこか自慢げな寛奈さんも嫌だったし、伍郎さんが死んだときにそんなことで怒っている自分は、もっと嫌だった。

「あ、まーくん、もうすぐ降りるよ。押していいよ」

次のバス停を知らせるアナウンスが流れてきて、お母さんが降車ボタンを指差した。まーくんの目がきらめいて、ソーセージみたいな指が伸びる。ポーンと音がして、紫の光が灯った。子どものころの私も降車ボタンを押すのが好きで、でも、弟に先を越されてばかりだった。大人になったらどうでもよくなるのかと思っていたけれど、二十六歳になった今も、やっぱり押したい。

バスのスピードが少しずつ落ちて、やがて停まった。まーくんのお母さんが私に向かって会釈する。お母さんになにか言われたらしいまーくんも、出口のステップに足をかけたところで私を見て、「ありがとう」と小さな手をぶんぶん振り回した。


結局、家に着いたのは夕方の四時前だった。終点でバスを降りてからも、すぐに電車に乗り換える気持ちにはならなくて、駅前のカフェで昼ご飯を食べたり、雑貨屋を覗いたりして過ごした。あまり考えないようにしていたけれど、もしかしたら心の奥底では、家に帰りたくないと思っていたのかな。今になって、行き先も知らないバスに飛び乗った理由がここにあるような気がした。

でも、あの家のほかに、私に帰る場所はない。

玄関のドアの取っ手を握る。冷たい。一瞬で手のひらがかじかんだ。黎子さんは今、どこにいるのかな。リビングか、自分の部屋か。私はどちらを望んでいるのだろう。良くんに帰っていて欲しいのか、まだいないほうがいいと思っているかどうかも分からない。華さんに複数愛者だと告白したときの話も、詳しく教えて欲しいような、絶対に聞きたくないような……。

ドアを開けると、正面のリビングに明かりが点いていた。テレビの音声も聞こえてくる。夕方のニュース番組かな。都内のどこかで火事があったみたい。観ているのは黎子さんか、良くんか。

「ただいまあ」と、私はイヤホンを耳から外して、廊下を進んだ。

「外、寒かった」

私が声を出すと、ソファでくっついていたふたつの頭は、磁石のS極とS極を近づけたときのようにさっと離れた。ふたつ。黎子さんと良くんは抱き合ってキスをしていた。ルール違反だ。とっさにそう思ったけれど、一分前まで私はこの家を空けていたし、何時に帰るという連絡もしなかったし、当事者以外が家にいるときにはやってはいけないと、みんなで取り決めたのはキスじゃなくて性行為で、つまり、二人は悪くない。私に怒ったり悲しんだりする権利はない。

良くんはセーターの裾を引っ張って、服の乱れを直しながら、

「あー、寒いよね、今日」

そう話す口もとは引き攣っている。隣の黎子さんは、くしゃくしゃの髪を整えようともしないで、

「美容室に行ってきたの？　軽くなったね」

と、私を見上げて微笑んだ。だめだ。息が苦しい。外の空気を吸いたい。でも、今、外に飛び出したら、私が嫉妬したみたいに二人に思われる。それは嫌だ。せっかく今まで隠してきたのに。

小学六年生のときに、ゆいちゃんに、「私のあとばっかりついてこんで。千瀬以外の子とも遊びたいげん」と言われてから、誰か一人に依存しないよう気をつけてきた。　嫉妬心や独占欲が、私はたぶん、人一倍強い。そんな自分が本当に嫌いで、だからこそ、ポリアモリストになりたかった。

私が黙っていると、黎子さんと良くんもなにも言わなくなった。アナウンサーの声がリビングに響いている。うるさい。どうせ二人ともニュースなんか観ていなかったくせに。リモコンを掴んで消そうとしたとき、ロクロウの頭が動いた。私のほうに黒い目を向けて、

「千瀬さん、おかえりなさい。インフルエンザが、まだまだ流行《はや》っているようです。手洗いとうがいを、忘れずに」

呑気な声。胸のハートの中で、黄色と黄緑色が溶け合っていく。ロクロウは、私が帰ってきたことを喜んでいる。鼻の奥がつんとした。私は「分かった」と洗面所に回れ右して、手のひらにハンドソープを垂らした。指のあいだに泡が生まれる。皮膚と皮膚を必死に擦りつけているうちに、視界が段々と曇ってきて、私は声を出さずに泣いた。今すぐ宇宙人が空から降りてきて、地球を丸ごとぶっ壊してくれたらいいのに。

でも、今日バスで会ったまーくんとお母さんは、絶対に助かって欲しいな。

10 良成

手癖のようにストローを口に含んでは濁点まみれの音を立て、そういえばカフェラテが空になっていたことを思い出す流れを、もう五回は繰り返している。三杯目を買おうか。しかし、ノートパソコンの時計は午後五時十分を示していて、そろそろ撤退の時間だ。夕闇は徐々に濃さを増して、道路の向こうを往来する人たちの顔は、すでに判別しづらい。少し考えた末、僕はパソコンを鞄に片づけることにした。

カフェを出て、正面に高くそびえるマンションを見上げながら駅に向かう。すれ違った女の人の上着が淡いピンク色だったことに、春の訪れを感じた。今日は特に暖かい。もう数日もすれば、西のほうから桜の開花宣言が聞こえてくるだろう。あのカフェに通い始めたのは二月の終わりだったから、間もなく一ヶ月が経とうとしている。はあ、と、ため息を吐いた。

新宿方面行きのＪＲ線に乗り、吊革を摑む。横浜の観光スポットを巡った帰りなのか、色とりどりの紙袋を手に提げた乗客で車内はにぎわっていた。平日とは違う、華やかな匂いを鼻先に感じる。私鉄に乗り換えて、今度は家の最寄り駅で降りた。改札を抜けて、けれども僕の足は、今日もシェアハウスに向かわない。駅の裏手にひっそりと建つ、雑居ビルの前で立ち止まる。日本家屋ふうの引き戸をカラカラと開けると、白い上っ張りの大将がカウンターの内側で顔を上げた。

「いらっしゃい」

「大丈夫ですか?」

「もちろんです。どうぞどうぞ」

大将の笑顔を受けて、僕は店内に足を踏み入れた。全部で二十席ほどの小さな居酒屋だ。それでも、半分近くはすでに埋まっている。先客からほどよく距離の開いたカウンター席を選び、腰を下ろした。おしぼりを持ってきてくれた女将《おかみ》に、さっそく生ビールと刺身の盛り合わせを注文する。渡されたおしぼりは、一秒と手に持っていられないほど熱かった。

運ばれてきたジョッキに口をつける。美味い。張り詰めていた神経が一気に緩んだ。横浜に出かけた日は、この保志野《ほしの》に寄って帰ることが多い。あのカフェにいるあいだ、僕は過去に浸っている。そこから短時間で意識を現在に戻すのは難しく、どこかでリフレッシュする必要があった。伊都子と離婚問題で揉めていたとき、デイブレイクに顔を出すことで解消していたのと同じ理屈だ。でも、デイブレイクは只今休業中。代わりに一人でゆっくり飲める場所を探していて、辿り着いたのがここだった。

「お出かけでしたか? 今日は暖かくてよかったですね」

小皿と醬油をテーブルに置きながら、女将が言った。ほかの客に倣《なら》って、僕も二人を大将と女将という肩書きで捉えているけれど、本当のところは知らない。もしかしたら雇われの料理人と、パートタイム勤務の店員かもしれない。夫婦かどうかも分かっていなかった。人が誰とどんなパートナーシップを築いているかということは、外からでは簡単に判断できないものだ。

「そうですね、歩いていても気持ちがよかったです」

「どちらを散歩されてきたんですか？」

「あー、すぐ近所ですよ。ウォーキングを兼ねて、このあたりをぐるぐると」

「この街は意外と緑が多いですからね」

柔和に微笑む女将に、僕も笑顔を作る。まさか、五年間一度も顔を合わせていない自分の息子と話をするため、元妻の実家を見張っていたとは言えない。正直に答えたら、ただちに危険人物扱いされるだろう。子どもから引き離された父親に対して、この国はとても冷淡だ。

それでも、やっぱり平太に会わなくては、と思ったのだった。

伊都子は夫から暴力を振るわれた証拠だと主張して、僕にまったく覚えのない痣《あざ》や傷の写真を離婚調停の場に提出した。僕は断固否定して、最終的には彼女のほうが訴えを取り下げたけれど、そんな伊都子に引き取られた子どもが、父親に対していい感情を抱いているわけがない。伊都子と連絡が取れなくなったとき、僕は自分にそう言い聞かせて平太のことを諦めた。でも、それは間違いだった。伍郎さんが亡くなり、伍郎さんが子どもだったころの話を聞いて、僕は平太に会いに行くことを決意した。お父さんは君のことが今でも大好きだと、たとえ信じてもらえなくても、ちゃんと伝えたいと思った。

元義父母のマンションの向かいに建つビルの一階が、全国チェーンのカフェに代わっていたのは幸運だった。五年前はコンビニだったから、長時間の滞在が厳しく、エントランスの前を何往復もしながら、伊都子か元義父母が出てくるのを待たなければいけなかった。今でもここに住んでいるのか、確証はないけれど、以前警告を受けて、僕はマンション周辺をうろつくことをあっさりやめたから、元義父母がまだ引っ越していない可能性は高かった。

元義母がめかし込んで駅の方向に歩いて行くのを見かけたのは、三回目の張り込みのときだ。ということは、伊都子もここに暮らしている。僕は確信した。伊都子と元義母は、とても仲のいい親子だった。また、自立心の低い伊都子が、働きながら一人で平太を育てているとは思えない。伊都子は物欲も薄く、流行に疎《うと》くて、僕は彼女のそんなマイペースな性格が好きだった。守ってあげなければと思っていた。

「はい、刺盛。今日は、まぐろと鯛《たい》とぶりね」

「ありがとうございます」

大将が腕を伸ばして、僕の目の前に刺身を置いた。どれもつやつやに光っていて、つまは削りたての氷のように白い。僕は軽く手を合わせると、まぐろの刺身に箸を伸ばした。きんと冷えた魚の肉は、僕の口の中であっという間にぬるくなる。少し温められた刺身は、誰かの舌の感触に似ていた。

元義母の姿は、それからも二回ほど目撃した。けれども、伊都子と平太の顔は、まだ一度も見られていない。駐輪場や駐車場など、エントランス以外の入口を利用しているのだろうか。もちろん、僕が席を立った瞬間に、二人がマンションの前を通過したことも考えられる。ああ、悔しい。平日の朝か夕方に見張ることができたなら、登下校中の平太に声をかけられるのに。有休を使って実行したいけれど、なにせ年度末は仕事が忙しい。休日出勤を避けるだけで精いっぱいだ。そんなふうにタイミングを見計らっているうちに、小学校は春休みに突入していた。

一杯目のジョッキが空いた。背後を通りかかった女将を呼び止めて、今度はハイボールとポテトサラダを注文する。一人で飲食店を訪れると、周囲の会話が自然と耳に入ってくる。僕にもっとも近いカウンター席の男性二人組は、来週末に予定されている区議会議員選挙のことを話題にしていた。眼鏡をかけたほうの客が、「あの候補者は、あそこの企業と繋がっていて——」と話し始める。見たところ、二人の年齢は僕とそれほど変わらない。同年代の目はとっくに社会に向けられているのだなあ、と、ぼんやり思う。僕の地元の同級生にも、出張カットを始めた美容師がいる。地元の病院や介護施設を回っているそうだ。一方の僕は、いまだに自分のことばかり。やってきたハイボールと共に、苦笑いを胃に流し込んだ。

さらにもう一杯ハイボールを頼んで、九時過ぎには店を出た。この時間になるとさすがに肌寒く、歩いているうちに、身体は自然と縮こまった。シェアハウスの玄関は今日も暗く、たったそれだけのことで、この家が死に瀕《ひん》しているかのように思える。三ヶ月前までは、何時に帰っても必ず明かりが点いていた。あれは、やはり伍郎さんの気遣いだったようだ。仕事で終電帰りになった日には、あの光が特にまばゆく感じられた。ここが僕の家だと思った。

暗闇に目を凝らして、鍵を回す。黎子さんと千瀬ちゃんは、自分の部屋にいるようだ。一階は真っ暗。伍郎さんの部屋の前を通り過ぎ、リビングの照明を点ける。それでようやく、この家が少し息を吹き返したように思えた。

ロクロウの目が静かに光り、僕の顔を発見した。

「良成さん、おかえりなさい」

「ただいま、ロクロウ」

「良成さん、アルバムを見ませんか？」

彼がこの家に来た日の写真を見返すことが多かったからか、僕の姿を捉えると、ロクロウはこう尋ねるようになった。プライムはユーザーの行動パターンを記憶できる、本当に優秀なロボットなのだ。けれども、伍郎さんの遺影は、あの四人で撮った最初で最後の写真から切り抜いていて、しょっちゅう見たいものではなくなっていた。

「ううん、見ない」

「分かりました」

天井から音がした。黎子さんの部屋だ。また寝ながら酒を飲んでいて、グラスを倒したのかもしれない。様子を見に行こうか迷ったけれど、このごろの黎子さんは、やたらと僕にスキンシップを求めてくる。二人でくっついているところを千瀬ちゃんに見られたら、今度こそ大変なことになりそうだ。二週間前のあの日、彼女は明らかに動揺していた。千瀬ちゃんは顔に出やすいから、必死に平静を装おうとしていることがはっきり分かった。

千瀬ちゃんは、僕のことを本気で好きだったのだろうか。

瞼を閉じて考える。分からない。せっかく複数愛を実行すると決めたからには黎子さん以外のパートナーも持ってみたくて、僕はデイブレイクに来ていた彼女に提案した。可愛いとは思ったし、好感も抱いていたけれど、それが百パーセントの恋愛感情かと問われると答えに詰まる。てっきり、千瀬ちゃんも同じようなものだと思い込んでいた。

千瀬ちゃんは、あの瞬間、黎子さんに嫉妬したのだろうか。

複数愛を実行する上で、嫉妬はもっとも重要な問題だ。黎子さんのように、それがどういう感情か分からないという人もいなくはないけれど、多くのポリアモリー、及び複数愛者は、嫉妬とどう向き合い、どう克服するかに頭を悩ませている。実際、僕はデイブレイクで喧嘩しているカップルと居合わせたことが二、三回ある。誰かを好きになる気持ちに、独占欲はつきものなのだ。

大切なのは、きちんと言葉にして、解決法を共に探ること。分かっている。僕は千瀬ちゃんと話し合わなければならない。でも、向こうはそれを望んでいないような気がする。伍郎さんが亡くなってから、平日の朝は家事の分担について相談するのが習慣になっていたのに、最近は、僕が起きたときにはもう、千瀬ちゃんは出勤している。どうやら避けられているらしい。ということは、あの黎子さんとの一件に、千瀬ちゃんはよほど腹を立てているのか。

時計の針が十時を回ったのを機に、僕も二階に上がった。黎子さんと千瀬ちゃんの部屋から明かりは漏れていない。なるべく音を立てないよう、自分の部屋に入る。この家の個室は、日によってドアの厚みが変わる。同居人と楽しく過ごしたあとは、自室に引っ込んでからも、彼ら彼女らの存在をすぐ近くに感じる。でも、なにかの拍子に心がすれ違うと、隣の部屋すら別の星のようだ。

部屋着に着替えてベッドに潜り込む。吐いた息の酒臭さに、歯磨きをし忘れたことを悔やんだけれど、もう一度、足音を殺して階段を上り下りするのは面倒だ。僕は強引に瞼を閉じた。

「お疲れー」

ボタンを押してエレベーターを呼びつけようとしたとき、自動販売機コーナーから土谷くんが出てきた。右手にエナジードリンクの缶を持っている。「お疲れ」と返すと、土谷くんも僕の手が摑んでいるものに目を留めた。

「わざわざ外に出てたの？」

「うん。眠気覚ましと気分転換を兼ねて」

オフィスの自動販売機では扱いのないコーヒーを求めて、僕は最寄りのコンビニまで足を延ばしていた。夜十一時を回ったビジネス街は、命の気配が薄い。街路樹がイミテーションみたいに思えてくる。歩いていてあまり楽しい景観ではないけれど、ちょっとした息抜きにはなった。

「まだ終わらないの？　泊まり？」

「いや、終電では帰るよ。土谷くんは？　まだかかるの？」

「帰れなくはないけど、今週末を確実に休むために、もう一踏ん張りしてるって感じ」

「週末、なにかあるの？」

「息子のお食《く》い初《ぞ》めだよ。本当は今月頭にやる予定だったんだけど、息子が風邪を引いて、それが治ったと思ったら今度は嫁がぶっ倒れて、すげえ延び延びになってたやつ。両家のじじばばも来るっていうから、万が一、仕事の呼び出しを食らったら、本気でやばいんだよ」

「それはまずいね」

僕は小さく頷いて、缶コーヒーのタブを起こした。静かなロビーに、こきゅっと関節を捻ったような音が響く。僕が自分の恋愛事情を打ち明けてからというもの、土谷くんは僕に子どもの話題をするのを躊躇わないようになった。肝心の複数愛に対する反応は、「最高じゃん。めちゃくちゃ羨ましいわ」という非常に雑なもので、大切なことが伝わらなかったのは間違いない。それでも、妻子に逃げられた気の毒な人間という印象を拭えただけでも、充分な収穫だと思っている。

僕につられたように、土谷くんもエナジードリンクに口をつける。南島さんの送別会の夜にも、こうして二人で缶コーヒーを飲んだことを思い出した。僕はエレベーターのボタンをまだ押していなくて、でも、土谷くんにそのことを気にしている様子はない。できれば自分のデスクに戻りたくない。あと少し仕事のことを忘れていたい。彼もまた、そう思っているような気がした。

「うちもやったよ、お食い初め。やっぱり両家の親を呼んだような覚えがある」

僕が言うと、「あー、やっぱり」と、土谷くんはやんちゃっぽく顔をしかめた。

「子育て行事のマストなのかねー。正直、面倒くさいんだけど」

「あれでしょう？　一升餅を背負わせるやつ。生後百日目くらいを目安にやるんだっけ？」

「餅？　餅なんか背負わせたら、子どもが潰れるだろ。餅じゃなくて、鯛とか赤飯とか歯固め石を用意して、箸の先をちょんちょん当ててるやつだって」

「ああ、餅を背負わせるのは一歳の誕生日か」

「餅餅餅って、さっきからなんだよそれ。なんの修行だよ」

静まりかえったロビーに、土谷くんの笑い声が響く。「本当にそうだよね」と彼に同意しながら、僕はまだ立つことしかできなかった平太が約二キロの餅を背中にくくりつけられ、大泣きしたときのことを思い出した。それを見て、もうほどいてあげたら、と言った伊都子の親と、もう少し歩かせたほうがいいんじゃないか、と言った僕の親のあいだに、微妙な緊張が走ったことも、ついでに回想する。あの日から、もう六年以上か。とても信じられない。

「お食い初めは、一生食いっぱぐれないようにっていう願いを込めてやるんだろう？　俺、そういう言い伝えみたいなやつ、全然信じてないんだけど」

「そうなの？　おみくじで凶を引いたとき、土谷くん、かなり落ち込んでたって聞いたけど」

「げっ。その話、誰から聞いた？」

「あ、本当なんだ」

仕事始めの日に、ＩＴ情報安全守護の御利益があるとされている神社に初詣に行くという部長の思いつきは、予定通りに遂行されていた。伍郎さんのことがあったため、僕は参加しなかったけれど、そのときにみんなで引いたおみくじで、土谷くんは凶を手にしたらしい。

「落ち込んだっていうか、うわーってなっただけだよ。景品のしょぼい商店街の福引きだって、ハズレを引けばがっかりするだろ」

「ちょっと違うような気がするけど……。神さまをまったく信じないっていうのは、やっぱり難しいのかな」

カルト集団とも言われているタイラノ会の施設で育ち、そこを脱したあとも、自分にもしものことが起こったときには神式の葬儀を執り行って欲しいと遺言書を残していた伍郎さん。伍郎さんがそこにいることを信じ切っているかのように、神棚の前を日々整えている黎子さん。黎子さんは、ロクロウのことは相変わらず構おうとしないのに、神棚には話しかけている。生きている人間が勝手に魂を見出している点で、僕には神棚もロボットも同じだ。だから、黎子さんの態度がいまいち理解できない。

「あっ」

ここまで考えて、あの日、黎子さんが僕にキスを迫ってきた場所がリビングだったことに気がついた。神棚に伍郎さんがいると信じていながら、どうしてあんな真似ができたのだろう。両腕に軽く鳥肌が立った。

「なに？」

「ううん、なんでもない」

笑って誤魔化した僕を見て、雑談はここまでだと思ったらしい。土谷くんの指がエレベーターのボタンを押した。動き始めた階数表示を、二人揃って見上げる。「まあ、必要なんだろうな」と、土谷くんが口を開いた。

「なにが？」

「神さまだよ。人間の感情にとって有意義なものだから、神さまっていう概念はいまだに存在してるんじゃないの」

「どういうこと？」

「人生って、ものすごく大変だろ。辛いことばっかりだろ」

「えっ」

「高い知能を持って、社会的な動物として繁殖してきたぶん、人間が辛いと感じる事柄の種類って、めちゃくちゃ多いように思うんだよ。そんな一人では抱えきれない苦しみに対処するのに、神さまは相当有効なんじゃないかな」

「有効……」

「神さまが、人間の根本的なシステムの穴を埋めてるところはあると思う。だから、完全に無視することが難しいのかもな」

土谷くんの口から、まさかこんなに真面目な話が出てくるとは。「えっ、年下と年上の二人の彼女がいて、両方と一緒に暮らしてる？　おまえ、それ、男の夢じゃん」と僕に言い放った男と、同一人物とは思えない。「なるほど」と、狼狽《ろうばい》の滲む声で相槌を打ったとき、エレベーターが一階に到着した。チン、と音がしてドアが開く。

「さあ、もういっちょ頑張りますかね」

土谷くんが肩を回した。


強く息を吸ったにもかかわらず、舌に触れたのは甘やかな空気だけだった。ついさっき中身を飲み干していたことを思い出し、ストローから口を離す。時刻は午前十一時十七分で、今日はこのカフェラテが一杯目だ。上着は椅子にかけたまま、盗難防止のためにノートパソコンを鞄に入れて、注文カウンターにもう一度並んだ。レジを打っている女性店員とは、すっかり顔馴染みになっている。週末になるとやって来て、朝から夕方まで居座る嫌な客。僕が昔アルバイトしていた喫茶店の常連客のように、陰では疎まれている可能性もあるけれど、彼女の接客態度はいつだって爽やかだ。今もカフェラテのおかわりを注文する僕に、明るく微笑みかけてくれた。

受け取ったカップをテーブルに置いて、ふたたび着席する。あと一踏ん張り、と鞄からノートパソコンを取り出したとき、車道の向こうを歩いている親子三人組が目に留まった。リュックサックを背負った男の子が真ん中で、大きな鞄と小ぶりの紙袋を持った父親らしき男は車道側。一番奥にいるのが母親か。三人は駅の方向から来たようだ。父親がなにか声をかけたらしく、男の子が顔を上げて首を振る。と、すさまじい衝撃が身体の中を貫いて、気がつくと僕は、パソコンの陰にとっさに顔を隠していた。

平太だ、平太がいる。

三人の真ん中を歩いているのは、紛れもなく僕の息子、平太だった。ロクロウと対峙《たいじ》しながら、六、七歳男子の大きさを何度となくイメージしていたはずなのに、にわかには信じられないほど身体が縦に伸びている。面差しも、少年のそれに完全に変化していた。肌は焦茶に焼けていて、ふくら脛《はぎ》は硬そうだ。もしかして、サッカーを習っているのだろうか。自分の頭にあった平太に関するデータベースが、みるみるうちに上書きされていくのを感じる。

三人は、ごく自然な足取りで、元義父母のマンションに入っていった。後ろ姿を見て、一番内側を歩いていた女性が伊都子だったことにはっとしたけれど、そんなことはどうでもよかった。

僕は震える手でパソコンを片づけると、店を飛び出した。二杯目のカフェラテにほとんど手をつけなかったと気づいたときには、駅はもう目の前だった。

ちょうどホームにやって来た電車に乗り、空席に腰を下ろす。心臓はまだ激しく鼓動している。胸が、頭が痛い。伊都子が再婚している可能性を、僕は本当に、一ミリも考えていなかった。なぜだろう。伊都子は二度と結婚しないと心に決めているはずだとか、彼女に二回目は無理だとか、そんなふうに思っていたわけではない。ただ、あのマンションの一室で、元義父母と平太の四人で暮らしている光景しか想像していなかった。

電車が駅に停まり、ぱらぱらと人が乗り込んでくる。その中に、大きな鞄を抱えた旅行者らしき中年男性を見かけて、僕は平太の隣を歩いていた男のシルエットを思い出した。彼が手に提げていた鞄にはきっと、家族三人ぶんの着替えが入っている。あれは、帰省する家族そのものだった。平太のリュックサックの中身は玩具だろうか。いや、小学二年生になるのだから、勉強道具かもしれない。平太は今、どこの小学校に通っているのだろう。男が持っていた紙袋をよく見ればよかった。あれはたぶん、元義父母に渡す手土産だ。あの中身が分かれば、三人の住まいに見当くらいはつけられたかもしれない。

電車がカーブに差し掛かる。身体が傾ぐと同時に、僕は「分かってる」と唇を動かさずに呟いた。本当は、分かっている。あの男が伊都子の再婚相手だと確定したわけではない。彼が平太の戸籍上の父親である証拠は、まだどこにもない。なにか特別な事情があって、親戚や友だちがたまたま伊都子の帰省に付き添っただけかもしれない。でも僕は、一目見て三人を親子だと思った。

これ以上の意味を持つ真実は、ほかになかった。

電車を乗り換えて、地元の駅で降りた。馴染みの景色に酒を飲みたい欲求が湧き上がったけれど、保志野は営業時間外だ。少し考えて、僕は近くのファミレスに足を向けた。店内は家族連れで混雑していて、ファミレスのファミがファミリーを略した言葉であることを思い出したけれど、今更店を変える気にはならなかった。二十分待った末、二人掛けの席に案内された。

肉の焼ける音に、子どもの泣き声。カレーの香りと、ニンニクの効いた、野菜炒めのような匂い。運ばれてきた水を飲んで息を吐いた途端、さまざまな音や匂いが身体の中に流れ込んできた。なにもかもが獰猛《どうもう》に感じられる。食欲はまったくなくて、僕は生ビールのみ注文した。嫌な顔をされるかもしれないと思ったけれど、店員の対応は普通だった。僕が被害妄想を抱くほど珍しいことではないのだろう。

スマホでネットニュースを眺めながら、中ジョッキを立て続けに二杯空けた。酒はこの世でもっとも偉大なもののひとつだと思う。喜びを膨らませて、悲しみはしぼませてくれる。三杯目を注文したところで思い立ち、「お食い初めはどう?」と土谷くんにメッセージを送った。私用で連絡を取ることは滅多にないから、驚いているかもしれない。

反応があるとしても夕方以降だろうと思っていたけれど、五分も経たないうちに返事は届いた。「すげえ泣いてる（笑）」という短い文章と、唇に箸をつけられて大泣きしている赤ん坊の画像。この子の顔を確認するのは、生まれたての写真を見せてもらって以来だ。たった四ヶ月で、別の生きもののように大きくなっている。同じ泣き顔にも、前にはなかった知性と意志が感じられて、はちきれそうな腕と腿《もも》には幸せが詰まっているみたいだ。

スマホのディスプレイに水滴が落ちる。ファミレスで中年男が泣くのはまずい。そう思ったときにはもう、涙は止まらなくなっていた。

11　黎子

行き先を告げると、タクシーの運転手がバックミラー越しにこちらを見たような気がした。今日の服装は黒のシフォンブラウスにジーンズと、至ってシンプルで、悪目立ちする要素はないと思う……たぶん。まともに着替えて外に出るのは久しぶりで、普通の人の外見や振る舞いを、まだ上手く思い出せずにいる。化粧をするのも、伍郎の五十日祭ぶりだ。二ヶ月放置していたリキッドファンデーションは、すっかり蓋が固くなっていた。

「えーっと、建物の前にお停めすればよろしいですかね？」

「停められるようでしたら、それで大丈夫です」

「分かりました」

タクシーは地面を滑るように走り出した。私の顔を確認しているような視線に、あの施設との関係を訊かれることを覚悟したけれど、それほどお喋りな運転手ではないようだ。一向にその気配はない。ほっとして背もたれに上半身を預けた。女性の陽気な笑い声が、足もとのスピーカーから聞こえてくる。ラジオだろうか。音が小さくて、内容は聞き取れない。車内が沈黙で気まずくならないよう、あえてノイズとして流しているのかもしれない。

数分も走ると駅はすっかり後ろに遠のいて、タクシーは大型店舗が建ち並ぶ幹線道路に合流した。だだっ広い駐車場と、それをパッチワークのように埋める色とりどりの車たち。人工的に作られたにぎわいが、いかにも郊外といった風情だ。五年ほど前に祖母の葬儀で熊本に帰ったときも、これによく似た光景を目撃した。かつて通っていた高校の周辺が、商業エリアとして開発されていたのだ。当時、もっともイケているると地元の女子高生から評判で、私自身も恋人やファンクラブの女の子たちと頻繁に繰り出していたショッピングセンターは、十年以上も昔に家電量販店に変わっていた。

祖母の葬儀直前、黒ストッキングが伝線していることに気がついて飛び込んだコンビニで、ファンクラブのメンバーだった後輩に再会した。彼女はかなりふくよかになっていて、名札の苗字も記憶とは違ったけれど、私はすぐにぴんときた。でも向こうは、接客の相手が佐竹黎子だと分からなかったようだ。ろくに顔を上げないまま、気怠そうにレジを打っていた。その左手の薬指に指輪を認めた瞬間、そうだよね、と納得したことを、なぜか唐突に思い出す。思春期のころ、特別ななにかを必死に求めていた少女たちも、年を重ねるにつれて、多数派の暮らしを欲するようになる。そのことを、私は昔から知っていたのかもしれなかった。

タクシーが幹線道路から離脱して、住宅街に入った。メーターの数字は着実に伸びている。間もなく寛奈が算出してくれた金額に到達するけれど、それらしい建物に近づいている感じはない。でも、それらしい建物って、どういうこと？　カルト団体の住居といえば、サティアンと呼ばれていた、私が大学生のときに東京の地下鉄でテロ事件を起こした団体の施設が頭に浮かぶけれど、なんとなくあれに似ているとは思えなかった。

伍郎の育ったコミューンを見てみたい。

その一心で、私は今、タクシーに揺られている。半月ほど前、夕美さんに形見分けを強く迫られて、仕方なく伍郎の部屋を片づけていたときに、クローゼットの隅に押し込まれていた小ぶりの段ボール箱を発見した。反射的に、ヌード写真集やアダルトビデオが収まっている光景を想像したけれど、早合点だった。中身は全部本だった。それも、伍郎が五歳のときから十年間所属していた、タイラノ会に関するものばかり。会の上層部が書いたとされている書籍から、彼ら彼女らのスタンスを否定するような新書まで方向性はさまざまで、その中の一冊を手に取った瞬間、ここに行くことを決めていた。

タイラノ会の現状やコミューンの詳細な住所については、インターネットに詳しい寛奈に調べてもらった。コミューンは全国に点在していて、伍郎が子ども時代を過ごしたところは特定できなかったから、とりあえず、家からもっとも近い、東京都西部のこの街に来てみた。会の規則で、伍郎と両親は数ヶ月に一度、決められたときにしか会えなくて、二人と最後に顔を合わせたのは、中学校の卒業式だったという。コミューンに暮らす子どもが高校に進学することは、伍郎の時代にはまず認められていなくて、そのため彼は、中学卒業と同時に親戚を頼る形で施設を出たそうだ。両親との交流が完全に途絶えたのは、不動産会社で働き始めたあとのこと。「時代もバブルが崩壊する前で、不動産業なんて所有欲の権化みたいなものだったから、そんなところに就職した息子がどうしても許せなかったんだろうね」と、伍郎は笑っていた。

タクシーは次の信号を左に折れた。太陽に対する窓の角度が変わり、強い日差しが唐突に目に飛び込んできて、一瞬、視界が白くなる。あと半月ほどで、世間はゴールデンウィークを迎える。となれば、夏はもう目前だ。今年の私の春は、どこに消えてしまったのだろう。桜を見た覚えがない。店も休業中だったから、春野菜に触れた記憶もない。跡形もなく消滅したみたいだ。

「お客さん、ここでいいですか？」

運転手が首を捻って私を見た。タクシーが停まったのは、ひどく地味な五階建てマンションの、すぐ近くだった。窓の数と大きさから、ワンフロアにワンルーム程度の部屋が、八から十ずつといったところか。約二十年前に私が暮らしていた新聞販売店の寮と、雰囲気が少しだけ似ている。大きな窓が二階の一部に設えられていて、おそらくあそこが共用スペースだろう。住人からは、集会室みたいな名称で呼ばれているのかもしれない。

「お客さん？」

「あ、すみません。ここで大丈夫です。ありがとうございます」

お金を払って外に出た。さほど広くない道を、タクシーはあっという間に走り去っていく。寛奈から聞いていたのより二千円以上高かったから、もしかしたら運賃を稼ぐために、わざと遠回りされたのかもしれない。でも、腹は立たなかった。まだまだ不景気だなあと、それだけを思った。

平日の真っ昼間らしく、あたりはしんとしていた。目の前の建物からも、物音ひとつ聞こえてこない。ガラスドアからさりげなく中を覗いてみたものの、誰もいないようだ。寛奈からは、事前に申し込みをすれば見学できるらしいと聞いていたけれど、住人の話にちゃんと相槌を打てる自信がなくて、それは断っていた。店を休業してから、人と喋らない日々を送っている。仕事が忙しそうな良成や千瀬ちゃんとも顔を合わせていなかった。

この建物は、築五十年以上にはまず見えない。せいぜい三十年くらいか。だから、伍郎が実際に暮らしていた部屋は、ここにはありえない。今現在、子どもが暮らしているかどうかも判断できなかった。古い車ばかりが並んだ駐車場を回り込むと、屋上にポリカーボネート製の簡素な屋根が見えた。地上からでも溝の部分に汚れが溜まっているのが分かる。屋上の柵には何枚ものシーツが干されていた。どうやら屋上も共同で使われているようだ。

天気もいいので、このまま近所を歩いてみることにした。タイラノ会は養鶏や酪農、農業を営み、その売り上げで会員の暮らしを賄《まかな》っていると聞いていたけれど、近くに畑などは見当たらない。車でさらに郊外まで通っているのだろうか。入会する前には、自身の財産をすべて寄付することが推奨されていて、そうして集まった金銭も重要な活動資金になるそうだ。コミューンに移り住めば、個人がお金を使う機会は基本的に発生しない。住居だけでなく、食料や衣類もタイラノ会から支給される。私物や私有財産という考え方が否定されているから、当然、労働に対価が支払われることもない。

一切の所有を否定する。

伍郎がポリアモリーに興味を持ったのは、パートナーを独占することが当たり前の、モノアモリーの恋愛スタイルに馴染めなかったからだと言っていた。それは、親子関係すら認められない環境に育ったことと関係あるのだろうか。私も嫉妬心がなく、束縛されるのは嫌いだけれど、アイテムを所有したい欲求は人並みにあるから、買いものができない環境に身を置きたいタイラノ会会員の気持ちは理解できない。だいたい、所有しないという選択は、所有できた可能性があってこそ意味を持つような気がするのだ。

十分ほど歩くと、小学校に突き当たった。ペンキの剝げた雲梯《うんてい》や鉄棒と、地面に半分ほどめりこんだ大きなタイヤ。校庭の中央では、赤白帽子を被った子どもたちがドッジボールをしている。三、四年生くらいか。女子の体操服がブルマでないことに、時代の進歩と安堵を覚えた。誰かがボールをキャッチするたびにコートの内側で子どもたちが一斉に移動して、歓声と砂煙が舞い上がる。ホイッスルの音色が空を割る。

もしあのコミューンに子どもが暮らしていたら、その子たちはこの小学校に通うことになる。見学する目に思わず力が入った。私は四十代女性だから、たぶん傍目《はため》には、ここに我が子を通わせている母親にしか見えない。私が男だったら、そうはいかなかっただろう。平太が在籍している幼稚園や保育園、小学校を突き止められても、自分は柱の陰から息子を一目見ることも叶わないと、数年前に良成がぼやいていたことを思い出す。教育施設の前を男が一人でうろついていたら、速攻で通報されるに決まっている、結局社会は男を信用していないのだと、良成は悔しそうだった。

　チャイムが鳴った。先生のもとに一旦集合した子どもたちが、なにかの合図で校舎に向かって走り出す。子羊の群れのようだ。と、女子の一人が私の存在に気がついたようで、こちらを見た。胸の前で小さく手を振っている。私のことを、友だちの親だと勘違いしているらしい。私は迷わず手を振り返した。まったく知らない子なのに、また、アイドルに夢中になった経験もないのに、温泉が湧き出たように胸の奥が熱くなる。子どもからの信頼は、おこぼれや宛先間違いで届いたものだったとしても、すごく嬉しい。

　私の反応を認めると、女の子は校舎のほうに向き直った。耳の下でふたつに結んだ髪が揺れる。そのまま彼女は二度と振り返ることなく、開け放たれた昇降口へと吸い込まれていった。


　小学校を一回りしてコミューンの前に戻ると、タイラノファームと看板の掲げられた店が目に留まった。広さは、コンビニ三軒ぶんくらい。軒下には野菜の入ったカゴや段ボール箱が並んでいて、道の駅に雰囲気が似ている。二十台ほど停められる駐車場は、半分以上が埋まっていた。わりと繁盛しているようだ。コミューンとは道の反対側にあったから、タクシーを降りたときには気がつかなかったらしい。

「いらっしゃいませ」

　中に入ると、黒いエプロンを身に着けた店員に迎えられた。直射日光から解放されて、視界が一気に暗くなる。冷たく湿った空気と、埃にも似た土の匂い。実家の土間みたいだ。たぶんここは、タイラノ会で収穫した農作物や畜産物を一般向けに販売している店だろう。農薬は使わず、いかに肥料や飼料にこだわっているか、手書きのポスターがあちこちに貼られている。こういう場所があることは知っていたけれど、もっとひっそり建っているような気がしていた。店内は風通しがよく、怪しい感じはまったくない。

商品を端から見ていく。人参、玉ねぎ、じゃがいもなどの根菜は、どれも形は無骨ながらも色が濃い。キャベツ、からし菜、ルッコラ、ニラ、クレソンなどの葉物は、先端にまで張りがあった。あの瑞々しい蕪とセロリはサラダにして、あっちの茎まで柔らかそうなブロッコリーは胡麻和えで。あそこの大根は、醬油を入れずに薄い色の出汁で煮たら美味しそう。気がつくと私は、店のカゴを腕にかけて、野菜類を手に取っていた。腕に重みが加わるたび、新たなレシピが脳内で弾ける。余った蕪の茎や葉は厚揚げと炒め煮にして、スナップエンドウはふんわり炒《い》り卵とマヨネーズで和えたい。あ、あれは新玉ねぎ。これはスライスしたものに醬油と鰹節《かつおぶし》をかけて、シンプルに食べよう。

「重たくないですか？　カートもありますよ」

振り返ると、女性店員が立っていた。入店したときに出迎えてくれた店員よりも高齢で、もしかしたら私の親世代かもしれない。日に焼けた肌は分厚そうで、そこに彫刻刀の三角刀でつけたような皺が刻まれている。腰はやや曲がっているものの、表情は潑剌《はつらつ》としていた。

「よかったらお持ちいたしましょうか？」

「あ……えっと」

私がまごついているあいだに、店員はカートを押してきてくれた。そこにカゴを移した途端、腕が重みから解放されて、指先にどっと血が走る。いつの間にか、野菜を大量に選んでいた。一瞬、自分一人で持ち帰れるかどうか不安になったけれど、今更売り場に戻すわけにはいかない。電車とタクシーを乗り継いで帰宅しようと心に決めた。

「ありがとうございます。助かりました」

「こちらこそ、うちのお野菜たちを気に入っていただけたようで嬉しいです。私の仲間が手塩にかけて育てたものですから」

店員の微笑みは柔らかい。顔の神経が一本も張り詰めていなくて、疑うことを知らない人間みたいだ。透き通った眼差しが、人の話を真剣に聞いているときの伍郎のそれによく似ていた。もしかして、と彼女のエプロンに目を走らせたけれど、名札は見当たらない。まあ、伍郎の母親にしては若すぎるだろう。

「家に帰って料理するのが楽しみです」

「本物のお野菜の味がすることに感動していただけると思います」

軽く会釈をして、店員から離れた。ドアの大きな冷蔵庫を開けて自家製だというチーズを取り出し、これもカゴに入れる。その瞬間、そうか、この店には伍郎の両親が手がけた商品が並んでいる可能性もあるのか、と思った。伍郎の両親は八十歳近いはずだから、とっくに引退しているかもしれない。それでも二人との距離がわずかに縮んだような気がして、思わずバターとヨーグルトもカゴに加えてから、私はいそいそとレジに進んだ。

スマホがメッセージを受信しても、玄関のほうから物音が聞こえてきても、私は顔を上げなかった。一定のリズムを守り、新玉ねぎの薄切りを続ける。自分が包丁を握っている感覚はどんどん淡くなり、それでも左手で押さえている新玉ねぎは、確実に小さくなっていく。集中力が高まっているときの料理は、どこか魔法じみている。神経が身体を突き抜けて、家全体に行き渡っているみたいだ。

来る、と思った三秒後、リビングのドアが開く音がした。

「た、ただいま」

千瀬ちゃんは、巣穴から怖々と顔を出す小動物みたいに現れた。今日は暑いくらいだったのに、やっぱりパーカを羽織っている。休みの日に見る格好とほとんど変わらなくて、着飾ることに興味がないんだな、と改めて思った。去年の九月、結婚式に出席するという千瀬ちゃんに付き添って、銀座のデパートまでワンピースを買いに出かけたことが、夢か幻のようだ。まだ一年経っていないことに気づき、肌がさっと粟立《あわだ》った。

「すごいね、今日。どうしたの？　お祭り？」

キッチンカウンターに所狭しと並んだ料理を見て、千瀬ちゃんが尋ねた。最後の一言は、彼女なりのボケだったようだ。珍しい。私と喋るのがあまりに久しぶりで、緊張しているのかもしれない。なんでやねん、と偽の関西弁で応えようとして、私はあることを思いついた。

「そう、お祭り」

「なんの？」

「伍郎の百日祭」

「……そっか」

千瀬ちゃんは神妙な面持ちで頷いた。葬儀社から渡された霊祭日程表によると、一月一日に死去した伍郎の百日祭は、四月の十日。ちょっと過ぎているし、百日祭は省略されることがほとんどだと聞いているけれど、せっかく料理をたくさん作ったのだ。強引でもいいから、伍郎と関連づけたかった。

「お祭りってつくの、面白いよね」

「どういうこと？」

相変わらず千瀬ちゃんの言いたいことは、一度では汲み取りづらい。

「仏教のやつは、一周忌とか三回忌って言うから。私のおばあちゃんがそうだった」

「ああ。神式は法要じゃなくて、霊祭だからね」

「お祭りっていう字があるだけで、悲しい感じが減るような気がする」

そう呟くと、千瀬ちゃんはリビングの隅を見上げた。視線の先にはきっと、伍郎の神棚がある。そうだ、あとで伍郎が好きそうな料理を二、三品ほど見繕って、あそこに供えよう。デイブレイクの一番人気だった、豚こま肉の唐揚げも、今、冷蔵庫で下味をつけている。新玉ねぎのスライスが終わり、包丁を流し台に置いたとき、私と千瀬ちゃんのスマホが振動音を鳴らした。

「あっ、良くんからだ。あと三十分くらいで着くって」

液晶画面に人差し指を添えて、千瀬ちゃんが口角を上げる。私のスマホにも、それと同じメッセージが届いているだろう。グループトークに、「今日は私が晩ご飯を作るね。冷蔵庫にストックしておくから、二人とも適当に食べていいよ」と私が送ったのはつい一時間前なのに、もしかしたら、急遽《きゅうきょ》仕事を調整してくれたのかもしれない。

三人で食卓を囲むのは、数ヶ月ぶりだ。最近は、良成も千瀬ちゃんも外に出ているか自分の部屋にいるかのどちらかで、リビングにいるところは滅多に見かけない。私だけが、ずっとずっと家にいた。

「あと三十分か。良成が到着するころに、ちょうどご飯が炊き上がるかな」

「ご飯もあるの？」

「あるよ。鶏肉とゴボウの炊き込みご飯」

「炊き込みご飯、大好き」

新玉ねぎの薄切りを器に盛り、ラップで蓋をして冷蔵庫に入れる。醤油と鰹節をかけるのは、食べる直前にしよう。代わりに長ねぎを取り出し、白髪ねぎ作りに取りかかった。今日は唐揚げだけでなく、炊き込みご飯やけんちん汁にもこれを使うつもりだ。糸のように細く切っていく。

「やっぱりきれい、料理してる黎子さん」

気がつくと、千瀬ちゃんがカウンターに腕を預けて、私の手もとを見つめていた。

「さすがに大袈裟《おおげさ》だと思うけど、ありがとう」

「ううん、きれい」

「ねぎを切ってるだけだよ」

「関係ない。きれいだよ」

キスはしてくれなかったのに？　という言葉が頭に浮かんだけれど、実際に口に出すのは我慢した。これ以上、千瀬ちゃんを緊張させたくない。私はこの子に幸せになって欲しいのだ。「ありがとう」と応えると、千瀬ちゃんは「着替えてくるね」と微笑んで、カウンターから身体を離した。

「あ、そうだ、その前に」

そのままロクロウの前に立つと、千瀬ちゃんは軽く手を上げた。ロクロウの大きな目に光が灯り、彼もまた片手を挙げる。

「千瀬さん、おかえりなさい」

「ロクロウ、ただいま」

「今日は、暑かったですね」

「そうなの？　よく分かんなかったな。だいたい建物の中にいたから」

「そうだったんですか」

千瀬ちゃんは、いつの間にロクロウと仲良くなったのだろう。家に来た当初は、私と同じく抵抗感を示していたのに。ロクロウも、私に話しかけるときより、声が華やいでいるような気がする。ロクロウが備えている感情の中には愛もあると、前に伍郎が言っていた。だとしたら、話しかけられても無視ばかりしている私が素っ気ない態度をとられるのは、仕方のないことかもしれない。それでも、特定の人物をとことん嫌う機能は、ロクロウ側には設けられていないはずで、人間とロボットの感情はどこまでも不均衡だ。全然フェアじゃない。フェアじゃない感情を、私は肯定的に捉えられない。

「ロクロウ、パーティっぽい音楽をかけて」

「パーティミュージックの、プレイリストを再生します」

明るい曲調の洋楽がロクロウから流れ始めた。そこそこ高品質なスピーカーを使っているらしく、音はきれいだ。感謝の気持ちを伝えるためか、千瀬ちゃんがロクロウの頭を撫でる。胸のディスプレイに、黄色い靄《もや》がふわりと広がった。あれは、なんの感情を表している色だっただろう。

「黎子さん、好きじゃなかったら止《と》めていいからね」

「えっ」

ぎょっとして返事に詰まった。スリープモードだったときの、常に項垂《うなだれ》れているみたいだったロクロウの姿が頭を過《よ》ぎる。違う、ロクロウじゃない、止めていいのは音楽だ、と気づいたときにはもう、千瀬ちゃんはリビングをあとにしていた。

なにかを食べている人は可愛い。口を開け、咀嚼《そしゃく》し、味わって、飲み込む。それらの動作に気を取られて、無防備になっている感じが好き。良成は鰹節を上唇に貼りつけたまま喋っていて、千瀬ちゃんは煮物の汁をテーブルに垂らしながら頷いている。二人ともいつになくよく食べ、よく笑った。

「そうしたら娘に、パパはいつ会社に帰るの？　って訊かれたらしくてさ」

「会社に帰るって、すごい言葉だね」

「相当ショックだったみたい。それで、転職を考えるようになったらしいんだけど、それこそ去年までうちにいた南島さんみたいに業界ごと変わる覚悟がないと、森くんの求めているような環境は手に入らないと思うんだよなあ」

今は、森くんという、良成の後輩の話を聞いている。プログラムに大きな不具合が見つかり、ほぼ会社に泊まり込みという苛烈な二週間を経て、三歳の娘から客人扱いされるようになったそうだ。「忙しいもんね、ＩＴは」と、千瀬ちゃんが蕪の薄切りに歯を立てる。ダイニングテーブルに並んだ料理は全十品で、どうせ全部は食べきれないからと、ビュッフェ形式にしていた。千瀬ちゃんは、蕪とセロリのサラダが気に入ったようだ。絶えず口からポリポリ音がしている。

「その人、本当に辞めるのかな」

「辞めないと思うよ。辞める人は、誰かに相談する前に辞めてるから。もちろん、家族は別としてね。迷ってるんですよ、なんて、先輩にはまず話さない」

「そうなの？」

「そうなの」

良成は大きく頷くと、口を湿らすように水を飲んだ。彼がいらないと言ったので、今夜は酒類は開けていない。こういう機会に飲まないなんて、良成は断酒でも決意したのだろうか。でも、良成は深酔いすると愚痴が止まらなくなるから、飲まずに済むならそのほうがいい。周囲の人間にとっても、もちろん、本人にとっても。

「あっ、このチーズ、美味しい」

千瀬ちゃんが嬉しそうな声を上げる。彼女の箸には、齧りかけのカマンベールチーズが挟まっていた。私がタイラノファームで買ってきたものだ。カットした際に私も一切れ試食したけれど、癖がなく、コクがあって、確かに美味しい。タイラノ会が今のような農業・酪農活動を本格的に始めたのは、一九六〇年代。よほどノウハウがあるのだろう。

「スマイリーに、こんなの売ってたんだね」

感心した顔で千瀬ちゃんが挙げたのは、近所のスーパーマーケットの名前だった。そういえば、今日一日、私がどこに出かけていたのか、二人にまだ話していなかった。「豪勢だね。今日、なんかの日だっけ?」と、料理を見て不思議そうに首を傾げた良成も、私が伍郎の百日祭だと告げるとあっさり納得していた。

「違うよ、タイラノファームで買ってきたの」

「タイラノファーム?」

良成と千瀬ちゃんの声が重なる。

「タイラノ会の直売店。今日の料理に使った野菜も、ほとんどそこで買ったんだよ」

タイラノ会ってなに? とは、どちらからも訊かれなかった。伍郎が十五歳まで深く関わっていた団体の名称は、二人の頭にも残っていたらしい。伍郎が実際に暮らしていたコミューンの場所は特定できなくて、代わりに東京支部を外から見てきたと話すと、良成が「都内にもあるんだ」と不意を突かれたように目を瞬《しばた》いた。

「どんなところ？　畑があるの？　牛も？」

千瀬ちゃんが尋ねる。

「私が歩いた範囲では、それっぽいのは見つからなかった。でも、タイラノファームはかなり大きかったよ。ハムとかソーセージとか、手染めの布なんかも売ってた」

私が答えると、今度は良成が、

「コミューンはどんな感じだった？　大きいの？」

「地味な感じのマンションだった。五階建てで、特別大きくはないかな。看板が目に入らなければ、そういう施設だとは誰も思わないかもしれない」

「住人は？」

「人影は見えなかった。でも、屋上に洗濯物が干してあったから、今でも住んでる人はいると思う」

「そっか。一時期に比べて、タイラノ会の規模はかなり小さくなったってネットで見かけたけど、まだコミューン暮らしをしている人もいるんだね」

タイラノ会について、良成も調べたことがあるらしい。会が縮小したきっかけは、税金の申告漏れが新聞やニュースで報じられたり、元会員が寄付した財産の返還を求めて裁判を起こしたりしたことにあるようだ。不祥事がもともとよくはなかった評判をさらに落とし、脱会する人が増えた一方で、入会する人が減った。つまりはそういうことなのだろう。

良成が自分の取り皿に、大根の煮物と唐揚げをよそう。唐揚げは、二度目のおかわりだ。四ヶ月ぶりに作ったけれど、店で提供していたものと同じ味になったのならよかった。私も蕪の葉と厚揚げの炒め煮を皿に取る。多めに入れたオイスターソースが効いていて、美味しい。

「マンションもタイラノファームも、カルトっぽい感じは全然しなかった。それが意外だったかな」

厚揚げを飲み込み、なんの気なしに口にした。タイラノ会を庇《かば》いたかったわけでも、偉そうに意見したかったわけでもない。強《し》いて言うなら、今日訪れた施設からは、伍郎が時折ぼやいていたような厳しさは感じられなくて、そのことに悔しさにも似た気持ちを抱いていた。それだけだ。けれども千瀬ちゃんは、私の発言に違う意味を見出したらしい。

「私たちだって、外から見たらカルトだよ。なのに人のことをどうこう言うなんて、変」

鋭いような、それでいて呆れているような声だった。スパイスを振りかけられたかのように、テーブルにぴりっとした空気が走る。良成が曖昧な笑顔で私を盗み見たのが分かった。彼が危惧したほどには怒っていないつもりだったけれど、「そんなふうに思ってたの？　複数愛のこと」と問い返す口調は、自分でも穏やかとは言い難かったから、案外傷ついたのかもしれない。

「違う。カルトっていうのは、外から見た人の話」

「千瀬ちゃんの中にそういう気持ちがまったくなかったら、今みたいな言葉は出てこないんじゃないのかな」

「どうして？　カルトだと思ってたら、引っ越してこなかった」

「でも、千瀬ちゃんがこの家に来てから時間も経ってるし、考え方が変わった可能性もある」

「それは、黎子さんにも良くんにも言えるよね？」

「だいたい、複数愛がカルトっていうのは偏見的な考え方で、いわば差別だよね？　千瀬ちゃんはそれを認めるの？」

「認めてないって」

「やめようよ。今日は伍郎さんの百日祭なんだよね？　喧嘩はやめて、楽しくやろうよ」

私と千瀬ちゃんに向かって、良成が手のひらを広げた。これは喧嘩じゃない。複数愛を遂行していく上で重要な話し合いだ。不都合や問題が生じたときには、相手と必ず話し合って解決すること。この家に住まう上で、もっとも心がけるべき事柄なのに、どうしてそれが分からないのだろう。伍郎だったら、話の整理のために口は挟んでも、私たちを止めるような真似はしなかったはずだ。もはや千瀬ちゃんよりも、良成に対して苛立ちを覚えた。

「ちょっと待ってよ。良成も、その言い方はないんじゃない？」

「もういいよ。やめようよ」

千瀬ちゃんの一言で、この話題は完全に打ち切られた。それからの食事は、まったく盛り上がらなかった。なにを口に入れても、いまいち味がしない。食べる側のコンディションで、料理はたやすく味を変える。作り手の能力だけでは、料理は美味しくならない。話し手と聞き手の熱意が釣り合わなければ前に進むことができない話し合いと、まったく同じだ。

良成と千瀬ちゃんもさっさと食べ終わり、「ごちそうさまでした」と箸を置いた。「後片づけはやるよ」と二人は言ってくれたけれど、顔色を窺《うかが》われつつ手伝われるくらいなら、一人黙々と手を動かしたほうがましだ。二人が二階に上がったことを確認して、まずはロクロウの音楽を止める。それから、残った料理を密閉容器に移し替えたり、汚れた皿を洗ったりした。場を少しでもにぎやかにしようと、今日は食器にもこだわった。なのに。

「いつもいつも、どうして上手くいかなくなっちゃうんだろうね」

静かな部屋に、水音が響いている。約十三年前の夏、伍郎はこのシェアハウスをオープンした。当初は住居者を複数愛者に限定していなくて、私たちは幾人かのモノアモリーとも生活を共にした。けれども、入居から一、二ヶ月が経つと、彼ら彼女らは決まって私と伍郎の性的指向に強い拒否反応を示すようになった。それならばと条件に複数愛者という項目を設けてみたけれど、やっぱりここに長期間住む人は少ない。複数愛自体を取りやめて、転居する人も珍しくなかった。

「あ、そうだ」

神棚に料理を供えようとしていたことを思い出し、伍郎の好物を小皿に盛りつけた。唐揚げと炊き込みご飯と、スナップエンドウと炒り卵のマヨネーズ和えを、ほんの一口ぶんずつ。二礼二拍手一礼して、脚立から下りる。二階からは、物音ひとつ聞こえてこない。シンクの蛇口から、水がぽたんと滴る。私の締めが甘かったようだ。急いでキッチンに戻ろうとしたとき、ロクロウが動いた。

「黎子さん、今夜未明から明日にかけて、雨が降るそうです」

インターネット経由で天気の変化を知ると、ロクロウは、リビングにいる人間にその旨を告げようとする。こういうところが、人に奉仕するために生まれたロボットだな、と思う。本当に不自由な存在だ。少しの同情を込めて、私は「教えてくれてありがとう」と返した。その、次の瞬間だった。

「最近、伍郎さんの姿を見かけませんが、お元気ですか？」

電話を切ったあとのような、心電図が横一線を描き始めたときのような、ツーという音が脳内を走った。瞼の裏がチカチカして、手足が一気に冷たくなる。肺に穴が開いたかのように、息を吸っている実感が得られない。

「死んだよ。伍郎は、死、ん、だ」

やっとの思いで声を絞り出した。たちまちロクロウの目の光が弱くなる。胸のハートが、見る間に赤く染まり潰されていく。

「そうですか。ワタシは、とても悲し――」

気がつくと、私は床に座り込んでいた。右手には、先端にプラグのついたケーブル。どうやらロクロウの電源コードを引っこ抜いたらしい。はあ、はあ、と自分の呼吸音がやたらと耳についた。強制停止が機械に大きな負荷を与えることは、さすがの私も知っている。抽選販売に当たったことを教えてくれたときの伍郎の笑顔が脳裏を過《よ》ぎり、恐る恐るロクロウの様子を確認した。

でも、なにも変わっていなかった。ロクロウの目とディスプレイには明かりが灯り、普段どおりに稼働しているようだ。一瞬、ゾンビを目の当たりにしたかのような恐怖に襲われたけれど、バッテリーモードに切り替わったと考えるのが妥当だろう。充電がどうこうと、伍郎が話しているのを聞いた覚えがあった。

「ロクロウ……」

丸っこい頭が動き、ふたつの大きな目が私の顔を捉えた。

「黎子さん、なにかご用ですか？」

「……なんでもない」

「なにかありましたら、お申しつけください」

敗北感にも似た徒労に駆られて、私は力なく頷いた。

12　千瀬

薄黄色の紙を機械の溝に差し込むと、ジジジッという音がして、紙に四つの数字が印刷された。良くんの会社では、社員証を機械にかざすだけで自動的にデータ化されるらしいけれど、私はこの、タイムレコーダーとカードの組み合わせが好きだ。特に退勤の場合は、よく頑張りました、と機械にスタンプを押してもらったみたいな気持ちになる。

休憩室で私服に着替えた。すぐ隣では受付スタッフと歯科衛生士の先輩がこれからのことをあれこれ喋っているけれど、私は加わらない。というか、だめな受け答えを繰り返しているうちに、気がつくと距離ができていた。でも、いつものことだ。なにも聞いていません、という顔でパーカを着て、ロッカーの扉を閉める。鞄からスマホを出して耳にイヤホンを押し込むと、先輩たちの声が遠くなった。

アプリで曲を再生するついでに、届いていたメッセージを確認する。黎子さんからかな。一ヶ月半前のことを思い出して、また一緒に晩ご飯を食べることになったらどうしようと心配になったけれど、違った。

「ええっ」

メッセージの一文目を読んで、私は声を上げた。

「どうしたの？」

「大丈夫？」

先輩たちが揃って振り返る。

「えっと、友だちが……あの、すぐ行かなきゃいけなくて、お疲れさまでしたっ」

頭を下げて、若島歯科をあとにした。首の後ろでパーカのフードが跳ねているのを感じる。駅に着くと、家とは反対方面行きの電車に乗り込んだ。混んでいるわりに静かで、変なの、と思っていたら、そういえばイヤホンを着けっぱなしだった。でも、身動きが取りづらくて、外すことも音楽を流すこともできそうにない。耳の中をぼんやりさせたまま、新宿に向かった。

メッセージにあったカフェには、迷わないで辿り着けた。濁流みたいな人だかりにもまったくぶつからなくて、私も東京に慣れてきたのかな。店に入ってすぐ、トイレのマークを探した。トイレの近くの、二人掛けの席。あの子かな……あ、間違えた。最後に彼女と会ったのは半年以上も前で、しかもその日は向こうのメイクが濃かったから、最近の顔が思い出せない。メッセージで場所を詳しく訊こうとしたとき、

「千瀬ー」

視界の隅で、白い手のひらが揺れた。

「ゆいちゃんっ」

ゆいちゃんは花柄のワンピースを着て、黒いショールを羽織っていた。肌には砂粒みたいなラメが散らばっていて、これは気合いを入れているときのメイクだな、と思う。ゆいちゃんはオンとオフの差が大きい。睫毛も真夏の雑草みたいにふさふさだ。それでも、結婚式のときとはだいぶ雰囲気が違った。

「どうしたがん？　いつ着いたん？」

「メッセージに書いたがいねー。今日の昼過ぎだよ。映画を一本観て、お店をぶらぶらして、それからここで千瀬の仕事が終わるのを待っとってん」

「旅行ながん？」

質問しておきながら、違うだろうな、と私は思った。ゆいちゃんの足もとには、荷物を入れるためのカゴがあった。中にはリュックサックがでんと置かれていたけれど、ショップ袋は見当たらない。お土産が入っている様子もない。だいたい、一人で東京に来たというのがおかしい。

「なーん、家出」

予感的中だった。

「いつまで家出するがん？」

「とりあえず、千瀬もなにか買ってきまっし。私、これ二杯目なんよ」

ホイップクリームが蛇みたいにとぐろを巻いたカップを小さく掲げて、ゆいちゃんはにんまり笑った。家出かあ。夫婦喧嘩でもしたのかな。注文の列に並びながら考える。ゆいちゃんの結婚相手の名前は、確か大垣《おおがき》さん。苗字しか分からない。顔の記憶も曖昧だ。髪が黒くて短くて、今までのゆいちゃんの恋人とは感じが違うな、と思ったことは、うっすら覚えている。

「なにこれ。普通のコーヒー？　なんでこんなん頼むん？」

商品を受け取って席に戻ると、ゆいちゃんは不満そうに唇を突き出した。

「えっ、美味しそうだったから……」

本当は、安かったというのが一番の理由だ。ゆいちゃんが飲んでいる、豪華なシェイクみたいなドリンクは、一杯約五百円。私の一日ぶんの昼食代だ。でも、温かいカップに触れた瞬間、淹れ立てのコーヒーをしばらく飲んでいなかったことに気づいて、これにして正解だったな、と思った。息で冷まして、ずずずと飲む。うーん、美味しいけれど、伍郎さんのコーヒーのほうが私の好みかもしれない。

「それで、いつまで家出するがん？　どこに泊まるん？」

「この近くのビジネスホテルを予約してあるが。千瀬の部屋に泊めてもらおうかな、とも考えたんだけど、今ちゃシェアハウスに住んどるげんよね？　無理だと思って」

「そうやねえ」

今、あのシェアハウスの名義人は黎子さんだ。幼馴染みを泊めたいんだけど、と相談すれば、たぶん、ううん、絶対にオーケーしてくれるだろう。二人で寝るには部屋が狭すぎるなら、私はリビングのソファで夜を過ごしたって構わない。でも、先月の百日祭以来、私は黎子さんと顔を合わせるのがますます億劫《おっくう》になっていた。あの日、複数愛はカルトだという考え方は間違っていると怒りだした黎子さんは、鬼みたいだった。あんな人じゃなかったのに、と、どうしても思ってしまう。

ゆいちゃんをあの家に入れたくない。結局、私はそう考えているのだと思う。ゆいちゃんはきっと、この世に複数愛という恋愛スタイルがあることを知らずに生きている。もちろん、私と黎子さんと良くんの関係も分かっていない。結婚式で目にした幸せそうな表情を思い出すと、あの家にゆいちゃんを近づけるのは、なにかよくないことのような気がした。

「でも、もしゆいちゃんが長くこっちにおるがんなら、大家さんに頼んでみる。宿泊代が辛いよね」

「なん、明日の夕方には石川に帰るから大丈夫。さっき肇《はじめ》から電話があって、素直に謝ってくれたから許すことにした」

「そうなんだ」

声が明るくなったのが、自分でも分かった。

「明日は観光するがん？」

「特に予定は決めとらん。せっかくだから、東京スカイツリーの展望台に上ろうかなあとは思っとるげんけど。千瀬は行ったことあるがんけ？」

「ない」

「千瀬も上る？　明日も仕事なん？」

「うん、仕事。でも、相談してみようかな」

若島歯科で働き始めてから、私は一度も急な用事や体調不良で休んだことがない。先輩たちと仲良くできない上に、仕事も早いほうではないから、無遅刻無欠勤部門で頑張らないと、本格的に嫌われてしまう。でも、ゆいちゃんと東京観光できる機会なんて、この先二度とないかもしれない。突然来られなくなった先輩に代わってシフトの穴を埋めたことは何度もあるから、メッセンジャーで相談すれば、休みをもらえる可能性はあった。

「じゃあ、休みが取れたら一緒に行こうよ」

「うん」

私が頷くと、ゆいちゃんはストローの先で生クリームを一口食べた。

「それにしても、喧嘩の原因を訊かんところが千瀬だよね」

「なんで喧嘩したん？」

ゆいちゃんは、「遅いよ」と笑った。

「私、今、妊娠しとるげん」

「ええっ」

さすがにびっくりした。思わずゆいちゃんの身体に目を向ける。服がゆったりしていることもあって、まだ膨らんでいるようには見えない。「このドリンクもカフェインレスにしてもらってん」と、ゆいちゃんはふいに顔をすました。

「今、五ヶ月目に入ったところで、予定日は十月の終わりね。安定期にも入ったし、千瀬に報告しようと思ってたときに、肇と喧嘩になっちゃって……。それで、家出ついでに会いに来たん。だって、肇ったらひどいげんて。つわりがひどかった先輩の奥さんの話を持ち出して、ゆいは軽くてよかったね、これなら家事もできるねって何回も言うがだもん。いやいや、そりゃあ私は妊娠を機に仕事を辞めて専業主婦になったけど、おまえも少しは手伝えよ」

「そうだったんだ」

ゆいちゃんの話は、たぶん半分も耳に入ってこなかった。幼稚園のときに、「私も飛ぶ」と叫んで、ブランコからジャンプして骨を折ったゆいちゃんが、小学生のときに、二匹のハムスターと一緒に寝ようとして、スターのほうをうっかり逃がしそうになったゆいちゃんが、中学生のときに、男子バスケ部の先輩に告白してフラれて、給食を三日間食べられなかったゆいちゃんが、高校生のときに、百円ショップで買った造花を頭に着けて街を歩いていたゆいちゃんが、お母さんになる。子どもなんか全然好きじゃなかったのに、雲が晴れたみたいに目の前が明るい。すごい。生きものって、本当にすごい。

「ねえ、千瀬、聞いとる？　っていうか、こういうときは、おめでとうって言うがんよ」

「あっ、そうか。おめでとう」

「はい、あんやと」

ゆいちゃんがぺこりと頭を下げる。そのあとも大垣さんに対する愚痴は続いた。穏やかで、包容力がありそうで、夫にするならこういう人だと思って結婚したのに、蓋を開けたらただ鈍いだけだった。こちらから頼まないと家事をやらない、やってもらっても仕上がりが雑で、結局自分の負担になる――。この一、二年は、家のことを当たり前にやる良くんや伍郎さんがそばにいたから、大垣さんの生態に私は少し驚いた。でも、考えてみたら、絵本作家志望だった元恋人は、生活に関することとは女の役割だと思っている人だった。うちのお父さんだってそう。お母さんもパートで働いていたのに、家事はゴミ出しと休日の風呂洗いくらいしか手伝っていなかった。

それでも別れないんだろうなあ。

結婚とはそういうものだと、夫婦になった経験はないのに知っている。お母さんもおばあちゃんも、お母さんの妹の美紀子《みきこ》おばさんも、美容師の華さんも、歯科衛生士の先輩も、誰も離婚していない。口から出てくるのが文句ばかりでも、実際はそれほど不幸ではないようだ。ゆいちゃんも、最後には「まあ、肇にもいいところはあるげんけどね」と言った。

「そろそろホテルに戻ろうかな。さすがにちょっと疲れちゃった。急に連絡したんに、来てくれてありがとう」

「ううん。明日、休めるかどうか分かったら連絡するねえ」

店を出たところでバイバイした。まさかゆいちゃんに会えるなんて、朝には想像もしていなかった。駅に戻るあいだも、脳みそが熱い。昔、「私のあとばっかりついてこんで。千瀬以外の子とも遊びたいげん」と言われたときは、死にたいくらいにショックだったけれど、今なら分かる。千瀬とはもう遊びたくないと、私のことを完全に拒まなかったゆいちゃんは優しい。私はどこに行っても仲良しの子を作れなくて、だから、まったく緊張しないで喋ることができるのは、家族のほかにはゆいちゃんだけだ。

改札を抜けたとき、そんなことを思った。

自分が判子になったみたい。スニーカーの底が印鑑で、エレベーターの床が紙。ふくら脛のあたりを摑まれて、下にむぎゅっと押しつけられている感じがする。地上三百五十メートルまで上がるのにかかる時間はたったの五十秒だと、さっきエレベーター係の男の人が言っていた。

「うわあ、高いねえ」

ドアが開くと、ゆいちゃんは正面の窓に向かって駆け出した。開業してからそれなりの年月が経っているからか、それとも平日の午前中だからなのか、東京スカイツリーは空いていた。チケットカウンターやエレベーターに乗る前も、全然並ばなかった。そういえば、グランドオープンのニュースは実家のテレビで観たのだった。あのころの私は黎子さんのコラムに夢中で、スカイツリー関連のニュースが流れるたびに、黎子さんの家からも見えるのかなあ、なんて考えていた。

「千瀬の家はどっちの方角なんかなー」

一度窓から離れると、ゆいちゃんは近くの液晶パネルを確認して、また戻ってきた。「あそこ

所だ。

「あの先なんよ。でも、ビルに隠れて全然見えんわ」とガラスの向こうを指差して、ゆいちゃんの子どものころからの長所だ。

朝から元気いっぱいなのは、ゆいちゃんの子どものころからの長所だ。

「富士山も見えんね。晴れてくれたらよかったがに」

「曇っちゃったもんね」

空いているのは、天気も関係しているのかもしれない。今日は見事な薄曇りだった。雲がなければ、シェアハウスのベランダからも富士山は見える。引っ越してきたばかりのころは、それにすごく感動して、スマホでよく写真を撮っていた。それが今みたいに、天気がいいかどうかのバロメーターにしか思わなくなったのは、一体いつからだろう。

「あれが隅田川かあ。屋形船が有名なんよね？　千瀬は乗ったことあるがん？」

「あるわけないし。あ、ねえ、あの緑がいっぱいあるところが上野かな」

「動物園があるところ？　パンダの？」

「そうそう」

ゆいちゃんと喋りながら、天望デッキを進んだ。東京の街は、小さな直方体をぎゅうぎゅうに敷き詰めたみたいだ。車が蟻《あり》の、人が羽虫くらいの大きさに見える。縞模様《しまもよう》を描くように、川にはほぼ等間隔に橋が架かっていた。ビルの屋上が、たまに派手な色に塗られているのが面白い。足もとが安定していれば、私は高いところもへっちゃらだ。スカイツリーは床がしっかりと固くて、塔に上った感じが全然しなかった。台風が来ても、びくともしなさそうだ。

ちらほらいるお客さんは、外国語を喋っている人か、団体で来ているおじさんやおばさんが多かった。みんな、窓をバックに写真を撮影している。私とゆいちゃんも、スマホのカメラを使って、日付入りのパネルと一緒に写真を撮った。シャッターボタンは、近くにいたスタッフに押してもらった。

「スマホの画面で見ると、ここが高いんだかどうだかよく分からんね」

今日のゆいちゃんは、六色セットのクレヨンに入っている青で染めたみたいなワンピースを着ていた。メイクは昨日と同じ、気合い入りバージョン。灰色の空と灰色の街を背景に、ゆいちゃんだけが浮き上がっているみたいだ。すぐ隣に立っているはずの私も、通りがかりの人間のように見える。

「ここから百メートル上がると、どんな感じになるがんかな」

天望デッキを一周すると、またエレベーターに乗った。私たちは、さらに上の天望回廊にも行けるチケットを買っていた。今度のエレベーターはドアの一部が窓のようになっていて、明るくなったと思ったら、外の景色が目の前に現れた。すごい。自分の身体がぐんぐん上昇していくのが分かる。

「絶叫マシンみたいだね」

「ちょっと、怖いこと言わんでよ」

ゆいちゃんは強張った顔でエレベーターを降りた。私たちは手すりを握り、四百四十五メートル下を覗き込んだ。あ、宇宙飛行士の世界。とっさにそう思った。でも、冷静に考えたら、ここは飛行機が飛んでいるところよりずっと低い。私はまだ飛行機に乗ったことがないけれど、雲より高い空をフライトすることは知っている。それなのに私は今、地球を離れたように感じた。ビルのジャングルみたいに思っていた東京は、まるで小さな箱庭だった。

「石川に帰ろうかな、私も」

ぼうっと地上を見つめていたら、そんな言葉が口からこぼれていた。

「なんで？　どうしたん、急に」

ゆいちゃんが目を見開いた。

「私が働いとる若島歯科、今年の年末で閉まるんだって」

「閉まる？　どういうことけ？　あと半年続けるってことは、経済的な事情じゃないがん？」

「三月の終わりくらいだったかな、院長が、自分になにかある前にクリニックを閉めたいって言い出して……。七十歳近いおじいさんなん、うちの院長。そのあとも歯科医院で働きたい人は、院長が伝手《つて》を辿ってくれるみたいがんけど、私はそれは遠慮しようかなって思っとるん。次のところで上手くやれなかったときに、院長に迷惑かけるがんは嫌だから」

辞める人は、誰かに相談する前に辞めている。良くんの言葉は真理かも知れない。重大な決断こそ、答えは自分の中にしかないような気がする。

天望回廊は、緩やかにカーブした坂を上りながら、地上四百五十メートルのフロアに向かう造りになっていた。天望デッキよりも通路の幅が狭くて、天井も低いから、段々とカタツムリの殻の中を歩いているみたいな気分になってくる。外側だけが透明な殻だ。

「ちゃんと訊いたことなかったけど、そもそも千瀬は、なんで東京に行こうと思ったん？」

最高到達点と書かれた柱の前に着いた。ここの高さは、地上四百五十一メートル二十センチ。エレベーターを降りたところから、視界が六メートルほど高くなっているはずなのに、ここまで来ると違いは分からない。東京湾に二隻の船が浮かんでいた。あれは、タンカーかな。でも、水たまりに落ちた木の葉みたいだ。

「好きになった人が東京に住んどったから」

「そんな人とどこで知り合ったん？」

「ネット……みたいなもの」

「あ、ＳＮＳとか？」

「うん、まあ」

「それで千瀬は、その人とはもういいがん？」

「もういいっていうか……」

「絶対に無理なん？　どう頑張っても付き合えんがん？」

ゆいちゃんの言葉に引き金を引かれたように、黎子さんのことが頭を巡る。ラジオで初めて黎子さんを知ったときの、肌の表面がぴりぴりする感じ。黎子さんが語るポリアモリーの先には理想郷が広がっているみたいで、運命の出会いだと思った。コラムの連載が終わったときの絶望と、気を失いそうなくらい緊張しながら、デイブレイクのドアを開けたときのこと。誰のことも馬鹿にしない目が、声が、本当に好きだった。複数愛の世界に飛び込んで、けれども心が全然ついていかなくて、黎子さんから一度離れて、やっぱりもう少し近くにいたいと良くんと付き合うようになって、友だちとしてなら大丈夫かもしれないと、一緒に住んで。でも。

「うん、もう無理だと思う」

酔っ払った黎子さんから「千瀬ちゃん、キスしたいな。キスしよう」と言われたことを思い出すと、私はいまだに捨てられたみたいな気持ちになる。ゆいちゃんは私の片思いが実らなかったと思ったのか、「そっか」と短く頷いた。

「私は、千瀬には東京のほうが合うのかなって思っとった。仕事も結婚も、地方のほうがどうしたって窮屈だもん。ほら、千瀬は自由だから」

「自由？　私が？」

そんなふうに考えたことは一度もなかった。私は人並み以上にできることが少ない。給料も低いし、体力もないし、執着心は強いし、むしろ不自由なことばかりだ。

「妊婦が遠出なんかしたらだめだよって簡単に言わんから、私は千瀬が好きなん」

「ああ……うん」

反応の仕方が分からない。常識がないことを褒められても、喜んではいけないような気がする。困っていたら、最高到達点の柱と写真を撮りたそうな雰囲気で、おばさん三人組が近づいてきた。慌てて場所を譲る。ゆいちゃんと回廊を先に進むと、右手にエレベーターが見えてきた。天望デッキに戻るエレベーターだ。

「あー、お腹空いた。今、何時？　ショッピングフロアのレストランでランチしようよ」

腕時計で時間を確かめる。雪を踏み固めたみたいに、真っ白なベルト。去年のクリスマスに良くんがプレゼントしてくれたものだ。歯科助手は手を洗うことが多いから、職場にはまず着けて行かない。これを腕に巻いて外に出たのは、今日で三回目くらいかな。白くて目立つから、伍郎さんの葬儀や五十日祭のときも、着けられなかった。

「どうしたん？　時計、止まっとったけ？」

「ううん、止まっとらん。今はね、十一時三十五分」

「だったらまだそんなに混んどらんかな。昨日スマホで調べたら、有名な和食屋が入っとるらしくて、私、そこに行きたいげん」

下りのエレベーターは、身体が三ミリくらい浮いているような感じがした。

お腹は膨らんでいなくても、ずっと立っているのは辛いらしくて、私とゆいちゃんは、何度もベンチで休憩しながら夕方までショッピングフロアをうろうろした。東京駅に向かう直前、ゆいちゃんは土産物店で、実家用にチョコクランチの詰め合わせを、大垣さんにはスカイツリーの柄のTシャツを買った。私も職場のためにサブレを購入した。フリーター生活が長かったから、こういう気遣いはできる。シフトを代わってくれた先輩にだけ渡すのは面倒くさくて、全員で食べられる、一箱にたくさん入ってるものを選んだ。私が今日、幼馴染みと遊びに出かけたことは、どうせみんなに知れ渡っている。

「シェアハウスには買って帰らんでいいがん？」

上京してからの約五年、実家に帰省したときは、デイブレイクやシェアハウスにお土産を差し入れしていた。きんつばの箱を見た瞬間に笑顔になって、温かいほうじ茶を淹れてくれた伍郎さん。「甘すぎなくて美味しい」と、珍しく和菓子をぱくぱく食べていた黎子さんと、スマホをタップして、「刀のつばが名前の由来なんだって」と豆知識を披露していた良くん。楽しかったな。でも、三人がダイニングテーブルに揃うことは、もうないと思う。メモをつけて置いておく手はあるけれど、千瀬ちゃんは誰とスカイツリーに出かけたんだろうと、黎子さんや良くんに思われるのが嫌だ。新しい恋人かもしれないと、想像されることに耐えられない。

「うん、買わん」

思っていたよりきっぱりとした声が出た。

「そんな宣言するがみたいに言わんでも」

ゆいちゃんが噴き出した。

13

その駅で電車を降りたときから、千瀬の間違い探しは始まった。答えの数が分からない、難しい問題だ。目的地に向かって足を進めながら、千瀬は今の視界と記憶の中の光景を照らし合わせていく。良成がときどき利用していた書店はコンビニに、その隣にあった雑居ビルは更地になっていた。駅周辺を案内する地図看板も、随分新しいようだ。それでも、カーブミラーや街灯の位置、道の形はあのころと変わらない。見る影もないと千瀬が感じるほどの変化は、まだ街を覆っていなかった。

数分後、千瀬は小さな一軒家の前で足を止めた。インターホンに伸ばした指をコールボタンに触れる寸前で止めて、しばらくそのまま表札を見つめる。「朝川」と声に出して読むと、唇の隙間からこぼれた息は綿菓子のように消えた。やがて千瀬は「よしっ」と短く気を吐き、ボタンを奥に押し込んだ。

「いらっしゃい」

インターホンでは応答せず、黎子は直接玄関に現れた。チャイムが鳴った時刻で来客の素性を判断したようだ。ドアが開いた瞬間から、ちりめんのような小皺が散らばった黎子の顔は朗らかだった。加齢を率直に伝える肌とは対照的に、頭は油を塗られたようにてらてらしている。どうやら、数日前に市販の白髪染めを施したばかりらしい。黎子はベージュのシンプルなセーターにジーンズを合わせ、胸もとに猫の刺繍が入ったエプロンを着けていた。

「あ、あ、ご無沙汰してます」

千瀬は首もとからマフラーを引き抜き、頭を下げた。黎子の目が感慨深げに細くなる。

「……本当に。元気にしてた？」

「うん、なんとか」

「ご両親もお元気？　確か、弟さんのところに子どもが生まれたんだっけ？」

「そう、去年の春に女の子が。お父さんもお母さんも、二人揃ってもうデレデレだよ」

「いいじゃない。デレデレになるのが祖父母の役目みたいなところがあるから」

実感のこもった声音だった。ああそうか、と千瀬がはっとしたとき、

「あー、千瀬ちゃん、いらっしゃい。年末の忙しいときに、悪いね」

サンダルを引っかけて、良成も黎子の背後から顔を覗かせた。こちらは白髪を放置することに決めたのか、頭にも眉にも白いものが交じっている。目尻の皺は、あのころよりずっと深い。千瀬はふたたび「ご無沙汰してます」と挨拶すると、手に提げていた紙袋から平たい箱を差し出した。

「これ、みなさんでどうぞ」

「あっ、きんつばじゃない」

「新幹線に乗ってから、若い子には洋菓子のほうがよかったかなって思ったんだけど……」

「大丈夫。今、住んでる子はみんな和菓子も好きだから。しかもこれ、昔、千瀬ちゃんがよく買ってきてくれたやつだよね？　このお店のきんつば、美味しいよねえ」

受け取った箱を花束のように胸に抱えて、黎子は良成を振り仰いだ。良成が穏やかな面持ちで頷く。わずかなやり取りから黎子と良成が信頼し合っていることが伝わってきて、二人は本当に夫婦なのだと、千瀬は改めて思った。「実は六年前に結婚して」と知らされたときには身体が硬直するほど驚いたけれど、それはつまり、落ち着くところに落ち着いたということなのだろう。

良成が場を仕切り直すように手を叩いて、

「積もる話は中でしようよ。僕が熱いお茶を淹れるから、さっそくみんなできんつばを食べよう」

「そうだね。子どもたちにも千瀬ちゃんを紹介したいし。さあ、上がって」

「じゃあ、あの……お邪魔します」

千瀬は後ろ手にドアを閉めた。三和土《たたき》に並んだ靴の半分は、若者が好みそうなカラフルなスニーカーやパンプスが占めていて、その色鮮やかな光景に、千瀬は目を瞬いた。屋内の間取りや壁紙は、自分が暮らしていたころとまったく同じだ。にもかかわらず、靴箱の上に置かれた小物入れや玄関マットなど、細部が記憶と少しずつ異なっている。壁紙の黒ずみは濃くなり、フローリングは艶が薄くなっていた。間違い探しの時間は、まだ終わっていなかったようだ。千瀬は用意されていたスリッパに足を通すと、ひくりと鼻を動かした。

「あ、ニンニクの匂いが気になる？　ごめんねえ、子どもたちに今晩の食事会でなにを食べたいか尋ねたら、餃子って言われたの。さっきまでタネを作ってたから、匂うかも」

先に上がり框《かまち》に立った黎子は千瀬を振り返り、「ニラとキャベツを大量にみじん切りして手が疲れちゃった」と顔をしかめた。しかし、その大袈裟な表情の向こうには喜びが透けて見える。中高生の惚気《のろけ》のようだ。千瀬は指摘したいのを堪えて、「そういう料理の匂いじゃなくて」と首を横に振った。

「じゃなくて？」

「家自体の匂いが……もう違うんだなって」

黎子の眉から力が抜けた。三秒にも満たないほど短く、それでいて濃厚な沈黙が玄関に流れる。先に口を開いたのは黎子のほうで、けれども、言葉は出てこなかった。黎子が声を発するより早く、突き当たりのドアが遠慮がちに開き、四つの瑞々《みずみず》しい瞳が覗いた。

「あっ」

千瀬が声を上げると、二人の若者は顔を引っ込めた。千瀬の視線に気づいた黎子が、

「こーら。二人とも、お客さんにちゃんと挨拶してよー」

と呼びかけながら、廊下を奥へ進んでいく。千瀬もあとに続いた。今は黎子たち夫婦が使っているという元伍郎の部屋の前を通り過ぎ、リビングダイニングに足を踏み入れる。あのころにはなかった家具が、千瀬の目に真っ先に飛び込んできた。テレビの正面に設置されたソファはキャラメル色の合皮製に、ダイニングテーブルはコンパスで描いたような円形のものに取り替えられ

ている。テーブルを囲む六脚の椅子は、見事に等間隔に置かれていた。

「千瀬ちゃん、紹介するね。こちら、大学二年生の沢村茉奈佳《さわむらまなか》さんと、専門学校一年生の西村《にしむら》滋《しげる》くん」

黎子の声に、千瀬は慌てて若者二人に向き直った。茉奈佳はスウェット地のワンピースに黒いタイツ、髪をひとつに結んでいる。教室の隅で決まった友だちといつもじゃれ合っていた、かつてのクラスメイトを連想させる素朴な顔立ちだった。一方の滋は、白いシャツに薄手のニットを重ねて、銀縁の眼鏡をかけている。出で立ちは中高年然としていても雰囲気は幼く、つるんとした頬には男児のようなあどけなさが漂っていた。

「こんにちは」

千瀬が声をかけると、茉奈佳と滋は同時に頭を下げた。

「あと一人、岩田颯太《いわたそうた》っていう大学三年生の男の子が暮らしてる。颯太は今、バイトに行ってて、でも、食事会までには帰ってくるはずだから。また紹介するね」

「分かった」

「三人とも、明日の十年祭にも出てくれるんだって。学校も冬休みに入ったんだし、好きに過ごせばいいのにねえ。だって、子どもたちにとって伍郎は、会ったこともない、ただのこの家の前の主《あるじ》でしょう？　なんだか申し訳なくって」

黎子がさっぱりした口調で「ただのこの家の前の主」と伍郎を称したことに、千瀬は月日の流れを感じた。ちょうど九年前、伍郎の一年祭を終えた翌週に、千瀬は自身のシェアハウス生活に終止符を打った。黎子や良成とパートナーシップを解消したのもこのときだ。しかし、その前から三人の関係は同居人も同然で、一緒に食事を摂ることも、出かけることもなくなっていた。黎子が昼間から酒を飲み、酔っ払っては泣いたり怒ったりすることに、千瀬は苛立ちしか感じられなかった。職場の閉院が決まっていなければ、もっと早くに石川に帰っていただろう。

「でもそういうのって、少しでも人数が多いほうがいいんじゃない？」

「僕も、十年祭がなにをするのか気になりますから」

茉奈佳と滋が十年祭に参列を決めた理由を述べる。その声を聞きながら、千瀬は天井近くの神棚を見上げた。明日行われる祭事に備えてか、榊が二本、供えられている。どちらもぴんと枝を張り、深い緑色の葉は艶めいていた。しめ縄も太く、青々としている。紙垂《しで》と土器の白さが目に痛い。

「はいはい、みんな座ってー。お茶が入ったよー」

良成が号令をかけた。千瀬は黎子に確認したのち、脱いだコートとマフラーをソファの背もたれにかけて、その傍らに喪服や洗面用具の入った鞄を置いた。今晩は、この家に宿泊することになっている。黎子と良成がリビングで眠り、千瀬は元伍郎の部屋を使わせてもらう予定だ。最初に提案されたとき、千瀬は当然断った。すると黎子は、だったらホテル代を出させて欲しいと主張して、千瀬が遠慮しているうちに、話がまとまっていたのだった。

「これね、千瀬ちゃんが持ってきてくれたきんつば」

良成が箱の中身を茉奈佳と滋に見せた。「きんつば？」と、茉奈佳が名称を確かめるように繰り返す。良成はキッチンに近い椅子に腰を下ろすと、「寒天で固めた餡こを、小麦粉を水で溶いた生地で包んで焼いた和菓子だよ。もともとは丸い形で、刀のつばに似ていたのが名前の由来なんだって」と説明した。滋も今、きんつばの存在を知ったらしく、「へえ」と手に取った包みを物珍しそうに眺めている。

「食べてみたら？」

良成の隣に座った黎子が促した。茉奈佳と滋も良成たちの向かいに腰を下ろし、包み紙をほどく。千瀬は少し迷ってから、黎子と茉奈佳のあいだにあった椅子を引いた。きんつばを一口囓った茉奈佳が、「なにこれ、美味しいっ」と声を上げる。彼女の興奮を合図のように、黎子と良成も小さな包みに手を伸ばした。それを機に雑談が始まり、話の流れから、千瀬は今、実家からほど近い歯科クリニックに勤めていることを告げた。そこを訪れる変わった患者のエピソードを披露すると、「痛みを感じたら教えてください」と歯科医に言われて、治療が終わるまで右手を挙げ続けた中年男性の話に、黎子たち四人は大笑いした。

「あの……三年祭のときはすみませんでした。電話をもらったのに、来られなくて」

笑い声が途切れたのを見計らい、千瀬は切り出した。今回の滞在中に、これだけは言わなければと思っていたのだ。七年前、よかったら参列して欲しいと黎子から三年祭の連絡を受けたとき、千瀬は仕事を理由に断った。黎子や良成と顔を合わせることに、まだ憂鬱と不安しか見出せなかった。

「そんなこと、全然気にしなくてよかったのに」

黎子は首を振った。

「そうだよ。黎子さんから聞いてると思うけど、五年祭のときは、始めたばかりのこの自立支援ホームのことで忙しくて、全然なにもできなかったんだ。そのぶん十年祭はちゃんとやりたいって、ずっと思ってた。だから、今日千瀬ちゃんが来てくれて、本当に嬉しいよ」

「……ありがとう」

千瀬は小さく頭を下げた。確かに黎子からおおまかな話は聞いていた。六年前、黎子と良成はこの家に自立支援ホームを開設した。入居対象者は、十八歳を過ぎて児童養護施設を出ざるを得なくなった、身近に頼れる大人のいない子どもたち。彼ら彼女らが高校卒業と同時に自立を迫られている過酷な現状を知り、二人は自分たちにできる支援として、光熱費と水道代、それに食費を含めた格安の家賃で、二階の個室を貸すことに決めたらしい。

「金銭的な問題から大学に行くことを諦めたり、せっかく進学したのに、生活費と学費を稼ぐためにバイトを詰め込んだ結果、学校を中退せざるを得なくなったりする子が大勢いるって聞いて、学費を肩代わりするのはさすがに難しいから、生活面でなにか力になれたらいいなって思ったんだよね」

黎子はきんつばの包装紙を無造作に折りながら言った。とうに知っている話なのだろう、茉奈佳と滋は静かに相槌を打っている。妙に真面目な雰囲気になったことを照れたのか、良成が、

「まあ、さっきは格好つけて自立支援ホームって言ったけど、要するに下宿屋ってことだよ。黎子は下宿のおばさんで、僕はおじさん」

と、冗談めかして付け加えた。

「えーっ、下宿屋って、古くない？　志田さんがいたときみたいに、せめてシェアハウスって呼ぼうよ。そのほうがお洒落だよ」

茉奈佳が拳の底を天板に押しつけて訴える。「シェアハウスってお洒落なの？　昔からある言葉だと思うけど」と、黎子は笑って応えた。千瀬はもう一度神棚に視線を向けた。エアコンの風向きが変わったのか、紙垂がかすかにそよいでいる。そのさまを見ているうちに、千瀬は二の腕にうっすら鳥肌が立つのを感じた。故人は神となり、神棚に入って家を守る。それが神道の考え方だ。千瀬は生まれてこのかた、神の類いを信じたことがない。それでも一瞬、人智を越えた存在の温かな眼差しを神棚から感じたような気がした。

「千瀬ちゃん？」

良成が不思議そうな目でこちらを見ていた。

「あ……黎子さんの作るご飯は美味しいから、下宿屋にぴったりだね」

「そう、そうなんです」

「めちゃくちゃ美味しいんですよ」

茉奈佳と滋の声が重なる。黎子は保存の利く惣菜を日々作り、入居者はそれを好きなときに好きなだけ食べていい形式になっているらしい。それぞれふたつ目のきんつばを手に取り、今度は黎子の料理について全員で話した。あの豚こま肉の唐揚げは、歴代の入居者にも人気だそうだ。滋はこの家に暮らすようになってから、海藻類を食べられるようになったと言った。

「千瀬さんは黎子さんの料理でなにが好きでしたか?」

茉奈佳に問われて、千瀬は「栗きんとんかな」と答えた。黎子と良成と自分と、それから伍郎。四人揃って年を越した経験は一度しかなく、黎子特製の栗きんとんを食べたのも、あのときだけだ。なのに、ふと口をついていた。茉奈佳も食べたことがあるらしく、「美味しいですよね」と目を輝かせる。「僕も食べてみたい」と滋が言うと、黎子は、「もちろん今年も作るよ」と腕まくりをした。

「さあ、そろそろ夕飯の支度に取りかかろうかな。早めに始めて、ゆっくり食べられたほうがいいよね」

黎子が席を立つ。そのときだった。チャイムのような音楽が流れて、「あと十分で、颯太のバイト、の終了予定時刻です」と、中性的な声が響いた。

「ロクロウ、お知らせを止めて。教えてくれてありがとう」

黎子が部屋の隅に向かって声をかけた。千瀬は視界が揺れるのを感じながら、黎子と同じ方向に目を遣《や》った。リビングと廊下を隔てるドアから少し離れたところに、白黒の塊が立っている。あのころとは設置場所が違う上に機体の一部が観葉植物に隠れていて、さっきは気づかなかったようだ。ロクロウの大きな目には光が灯り、胸のディスプレイには文字が表示されていた。

「まだいた」

千瀬が呟くと、

「もちろん」

黎子は力強く頷いた。

「ロクロウは、今ではこの家に欠かせない存在だよ。学校とかバイトとか、自分の予定はそれぞれロクロウに教えることになってる。特にうちに来たばかりの子は、私や良成に直接言うよりも、ロクロウに伝えるほうが気が楽みたい。絶対に拒絶されないって、信じられるんだろうね」

黎子はそのままロクロウに近づくと、「ロクロウ、三十分後にご飯を炊き始めるようにアラームを鳴らして。それから、なにか音楽をかけて」と喋りかけた。

「了解しました。三十分後に、ご飯を炊き始める、をアラームでお知らせします。音楽は、最近再生したプレイリストの中から、テンションの上がる洋楽、を再生します」

軽快なメロディと、生気に溢れた女性の歌声が流れてきた。黎子がおもむろに振り返り、千瀬に向かって手招きする。千瀬はフローリングに足が着いている実感を得られないまま、ふらふらと指示に従った。腰をやや屈めて、ロクロウの正面に立つ。目の中に吸い込まれそうだ。千瀬は瞬きを繰り返した。

「挨拶してみて」

黎子に優しく肩を叩かれ、千瀬は、

「ロクロウ」

と、弱々しく呼びかけた。

「志田千瀬さん、ですか？」

「……はい」

「お久しぶりです。お元気でしたか？」

「……うん。ロクロウは？」

「ワタシも、元気です」

ディスプレイのハートに鮮やかな黄色が広がった。十年近く離れていたにもかかわらず、それがロクロウの喜びの表現だと、千瀬にはすぐに分かる。キッチンに向かった黎子と入れ替わるように、いつの間にか良成が隣に立っていた。「私のこと、覚えてた」と千瀬が言うと、良成はロクロウの頭をつるりと撫でた。

「千瀬ちゃんのユーザー登録を解除したあとも、データは削除しなかったんだ。この初代プライムはメーカーサポートが終了していて、本当は新型に乗り替えたほうが便利なんだけど、いくらデータは移行できるって言われても、僕も黎子さんもそういう気持ちになれないんだよね」

「そう、だよね」

千瀬も手を伸ばしてロクロウに触れた。固くて生暖かい。ロクロウが配達されてきたときのにぎにぎしさや、四人であれこれ言いながら設置したときのことが脳裏によみがえる。このロボットにロクロウと名前をつけて、伍郎の弟みたいだと笑ったのは、誰だっただろう。詳細は思い出せないのに、あの日、みんなでトマトソーススパゲッティを食べたことは、まだはっきり覚えていた。

「千瀬さん、アルバムを見ませんか？」

「えっ、アルバム？　いいの？」

「ロクロウは、写真を撮るのが相変わらず好きなんだよ。僕は黎子を手伝ってくるから、よかったら千瀬ちゃんはアルバムを見てて」

「じゃあ、あの、ロクロウ、アルバムを見せて」

「了解しました。アルバムを開きます」

ディスプレイいっぱいにサムネイルが並んだ。千瀬はその中からもっとも新しそうなものを選び、人差し指でタップした。黎子たちがクリスマスツリーを囲み、口を開けて笑っている画像が表示される。ロクロウがつい一週間前の日付と、撮影された時刻を読み上げた。滋の隣でケーキを頬張っている金髪の若者が、じきにアルバイトから帰ってくるという颯太だろう。画面を右にスワイプする。今度の画像には、魔女の格好をした黎子と茉奈佳が黒猫のぬいぐるみと共に写っている。どうやら、今年のハロウィンらしい。

茉奈佳の浴衣姿にスーツを着た滋、誰かの誕生日会から、なぜ撮影したのか分からない普段着の光景まで、ロクロウはさまざまな状況をカメラに収めていた。年月を遡るにつれて、黎子と良成以外には見覚えのない写真ばかりが映し出される。両手で顔を覆っている子や、無表情でピースサインを作っている子がいた。黎子に腕を引かれて、仏頂面でカメラを睨んでいる子もいる。いずれもかつてはこの自立支援ホームに暮らし、巣立っていった若者だろう。千瀬が目を細めたとき、指が最後の画像に辿り着いた。

「あっ」

それは、ロクロウがこの家にやって来た日の記念写真だった。破顔した伍郎と微笑する良成、真顔の黎子と、不機嫌な自分。みんな若い、と思った瞬間に、千瀬は伍郎が例外であることに気づく。彼だけは、記憶の中の姿と齟齬《そご》がない。邪気のない表情も、あのころ抱いていた印象のままだった。

「あーっ、ラー油を買うの忘れてた」

突然上がった黎子の悲鳴に、千瀬の意識は現代に引き戻された。黎子は片手にお玉を握り締め、シンクの前で盛大に顔をしかめていた。丸テーブルで餃子を包んでいた茉奈佳と滋が、「買ってこようか？」と申し出る。カウンターに箸や食器を並べていた良成も、「スマイリーでいいんだよね？　僕がひとっ走り行ってくるよ」と、手にしていたグラスを置いて言った。

「スマイリー？　だったら私が行く。久しぶりに行きたい」

千瀬は背筋を伸ばして手を挙げた。スマイリーには、昔はしょっちゅう足を運んでいた。あの店が今、どんな感じか知りたい。「お客さんにお遣いを頼むなんて」と渋る黎子を押し切り、千瀬はコートに腕を通す。しかし、家を飛び出してすぐに、「千瀬ちゃん、待って」と呼び止められた。

「良くん」

懐かしい呼び名が口からこぼれた。千瀬の横に立つと、良成は開きっぱなしだったダウンジャケットのファスナーに手を掛けた。

「僕も一緒に行くよ。危ないから」

ジジジ、とファスナーの閉まる音が暗がりに響く。そうして千瀬は、太陽がとっくに沈んでいたことに気がついた。冬至を過ぎたばかりの空は、午後五時を過ぎるともう暗い。とはいえ、地方の田舎に住んでいれば、街灯がもっとまばらな道を一人で歩くこともしょっちゅうだ。千瀬は平気だと応えたけれど、今度は聞き入れられなかった。

「さあ、行こう。それにしても、日が落ちると冷えるね。あ、でも石川はもっと寒いか」

「そうだね。向こうはもう雪が積もってるよ」

「北陸だもんなあ。東京は、二年前はかなり積もったんだけど、今年はどうかなあ」

やがて二人はスマイリーに到着した。今度はどんな間違い探しが待っているだろうと期待する千瀬を裏切るように、店の外観は九年前とまったく変わっていなかった。内装も昔のままで、ただし、商品棚が入れ替わったり移動したりしている。良成に案内されて、千瀬は調味料売り場でラー油をカゴに入れた。ついでに発泡酒の六缶パックを購入して、外に出る。わずか二十分ほどのあいだに、空はますます明度を下げていた。

短い押し問答の末、スマイリーのレジ袋は、良成が持つことになった。彼のジーンズと袋が擦れて、乾いた音が鳴っている。いつだったか、彼とこんなふうに並んで歩いたことがあるような気がする。いや、あるに決まっている。自分はこの人と付き合っていたのだから。しかし、千瀬がいくら真剣に考えても、具体的なデートの思い出は、ひとつふたつしか頭に浮かばなかった。

「千瀬ちゃん、今日は本当にありがとね」

「えっ」

急に言われても、なんのことだか分からない。千瀬は思わず足を止めた。良成とのデートが思い出せない後ろめたさも手伝って、「ラー油のこと?」と、しどろもどろに尋ねる。

「違うよ」

良成は気が抜けたように笑った。

「今日、うちに来てくれたこと。黎子さん、たぶんずっと千瀬ちゃんに対して罪悪感があったと思うんだ。ほら、僕たちの最後って、かなりめちゃくちゃだったじゃない」

「それを言うなら私だって、伍郎さんを亡くした黎子さんに全然優しくできなかった」

当時はそのことに気づけなかった。気持ちが不安定な黎子と頼りにならない良成に焦《じ》れ、千瀬もまた、精神的な余裕を失っていた。東京にいた五年間を落ち着いて振り返れるようになったのは、この三、四年のことだ。三十代なかばに突入しても、親戚の一部からいまだ結婚や出産をせっつかれる日々の中で、あのころ、伍郎や黎子や良成がなにに立ち向かっていたのか、少しだけ分かったような気がした。本当に、自分だけが若かったのだ。

「良くんと黎子さんが結婚したって聞いたとき、すごくびっくりしたけど……今はよかったなって思ってる。おめでとう」

黎子と良成には婚姻制度に抗い、複数愛を貫いて欲しかったという気持ちは、今日の二人の満ち足りた表情を見るうちに小さくなっていた。もともと身勝手な期待だったのだ。千瀬は、自分の口から祝福の言葉が出てきたことにほっとする。しかし、良成の顔には照れも喜びも過《よ》ぎらなかった。良成は眉間に皺を寄せると、

「黎子さんから聞いてない?」

と尋ねた。

「なにを？」

「僕たちの夫婦関係は、表向きのものだよ」

「表向き？」

「そう、表向き」

「どういうこと？　本当は、二人は結婚してないの？」

千瀬の問いに意表を突かれたのか、良成は肩を揺すって笑い始めた。夜道に良成の声がこだまする。車道を挟んで反対側を歩いていた女性が、なにごとかと怯えたようにこちらを振り返った。けれども、なにごとか知りたいのは自分のほうだ。「表向きってどういうこと？」と千瀬は語気を強めた。

「ごめんごめん。まさか、本当は結婚してないのかって訊かれるとは思わなかったから。えーっと、千瀬ちゃんは、どうしてうちが自立支援ホームを始めようと思ったのか、最初のきっかけは知ってる？」

「それは、なんとなく。寛奈さんと晶馬くんが来たんでしょう？」

千瀬が実家に戻った直後に、黎子と良成もパートナーシップを解消した。しかし、良成は気持ちが荒《すさ》んでいる黎子を一人にすることができなくて、ずるずる同居生活を続けていたある日、黎子の恋人だった寛奈が息子の晶馬を連れて、あの家を訪ねてきたそうだ。千瀬が黎子から知らされていたことを話すと、「そう、旦那さんの暴力から逃げるために、飼っていた猫を知り合いに預けてね。よほどの決心だったと思う」と良成が言った。

「暴力が原因だったの？」

そこまで聞いていなかった千瀬は驚いた。泣いても笑っても周囲の注目を集めていた晶馬と、そんな我が子を誇らしそうに抱きかかえていた寛奈。伍郎の葬儀で見かけた親子の姿を思い出す。正直なところ、あまりいい印象は残っていない。けれどもそれは、寛奈が黎子の恋人だったからだろう。要するに、自分は嫉妬していたのだ。

「それで、寛奈さんの離婚が成立するまでのあいだ、四人でうちに住むことになったんだけど、家族じゃない子どもと一緒に暮らすっていうのが、とにかく楽しかったんだよね。なんていうか、希望を感じた。結局あの半年間が、僕と黎子さんを立ち直らせてくれたんだと思う」

そう言うと、良成は長く息を吐いた。白い靄が宙を漂い、始めからなかったかのように消えていく。ふたたび歩き始めた良成は、行きよりも心なしかゆっくり足を動かしながら、晶馬がいたころのような日々をこの先も送れたら、と黎子と話し合ったこと、養子や里子を迎えることについても調べたけれど、もっと他人に近い立場から子どもたちをサポートしたいと感じたこと、これだ、と閃《ひらめ》いたのが自立支援ホームだったことを柔らかな口調で語った。

「夫婦で運営している自立支援ホームですって言えたほうが、子どもにも児童養護施設の人にも安心してもらえるんじゃないかと思って、それで籍を入れたんだよ。あとは、黎子さんの苗字を変えたかった。佐竹黎子で検索されると、単純な話もなかなか進まなくて……。だから、僕と黎子さんは同じ部屋で寝起きしてるけど、夫婦でも恋人でもない。いわゆる契約結婚だね」

「契約……」

「僕たちが結婚することであの家の居心地がよくなるなら、安いものだよ」

千瀬はなにも言えなかった。頭の中をぐるぐると、さまざまな光景や言葉の欠片が回っている。心から信頼し合っているように見えた、黎子と良成。いや、二人は実際に自立支援ホームの共同経営者として、強い絆で結ばれている。ところが、気持ちの上では夫婦でも恋人でもないと言う。それはつまり、身体の関係は持たないということか。しかし、幼馴染みのゆいは肇とのセックスレスをぼやいているけれど、あの二人は疑う余地のない夫婦だ。ゆいと肇と、黎子と良成。この二組に、一体どんな違いがあるのだろう。数秒、千瀬は呼吸も忘れて考えたけれど、すぐには理解できそうになかった。

「本当に大事なことは、世間が大切にしていることから少しずれたところにあるんだよ」

「えっ？」

「僕は複数愛を知ったときに、ううん、前の結婚がだめになったときにそれを知った。もう昔には戻れない」

良成は正面を見据えたまま、呟くように言った。少し先の曲がり角から人影が現れ、千瀬たちの前を歩き出す。髪は明るい金色で、黒いダウンジャケットを着ていた。小柄だけれど、男性のようだ。と、良成の姿勢が前屈み気味になり、歩く速度が上がった。

「あれ、颯太じゃないか？　おーい、颯太ーっ」

男が振り返る。目が大きく、千瀬が想像していたよりも愛嬌のある面立《おもだ》ちだった。良成がすかさず颯太に千瀬を、千瀬に颯太を紹介する。千瀬と目が合うと、颯太は「どうも」と首をすくめるように会釈した。

「颯太は僕たちにもっと驚いてくれてもいいんじゃないの？　偶然会ったんだから」

「家の近くに良さんがいても、なにも不思議じゃないんで」

「そりゃあそうだけど」

「新宿とかで会ったら、ちゃんとびっくりしますよ」

颯太は低い声で淡々と話した。人から構われるのが苦手なのかと思いきや、「今日のバイトはどうだった？」という良成の問いにも面倒くさがらずに答えている。颯太は駅前のカラオケ店で働いているそうだ。「この時間帯は酔っ払いが出現しないんで、楽勝っすよ」と、やはり感情の読み取りづらい声で言った。

家の前に着いたとき、千瀬は玄関灯が点いていることに気がついた。良成とスマイリーに行っているあいだに、誰かがスイッチを入れてくれたようだ。橙色の光を、くすぐったいような気持ちで見上げる。伍郎が休みの日や一番に仕事が終わった日は、千瀬が帰宅すると、必ずこれが点いていた。良成が「鍵、鍵、鍵」と唱えながら、ダウンジャケットやジーンズのポケットを叩き始める。キーケースが見つからないようだ。

「俺、出しますよ」

颯太が小さな斜めがけバッグに手をかけると同時に、良成は、目を大きく開いた。

「そうだ、鍵を持たずに出てきたんだった」

「なんすか、それ。しっかりしてくださいよ」

「やっぱり開いてた」

良成がドアの取っ手を引く。室内の光が外に溢れて、玄関前のタイルを白く照らした。人の気配や体温をふんだんに含んだ空気と、たくさんの料理が絡み合った匂いも感じる。千瀬が大きく息を吸ったとき、突き当たりのドアが開いて、黎子がひょこっと顔を出した。

「おかえりなさい。ラー油、あった？　あれ、颯太もいるじゃない。一緒だったんだ」

千瀬は良成と颯太を見遣《みや》った。二人が黎子の言葉に反応するかもしれないと思ったのだ。しかし、彼らも自分以外の二人が返事をするものと構えていたらしい。三人の視線が絡まる。無言の譲り合いののち、千瀬たちは同時に噴き出し、声を揃えた。

「ただいま」

〈参考文献〉

深海菊絵『ポリアモリー　複数の愛を生きる』（平凡社新書、二〇一五年六月）
きのコ『わたし、恋人が2人います。　複数愛《ポリアモリー》という生き方』（WAVE出版、二〇一八年五月）
西牟田靖『わが子に会えない　離婚後に漂流する父親たち』（PHP研究所、二〇一七年一月）
斎藤貴男『カルト資本主義　増補版』（ちくま文庫、二〇一九年三月）

カバー装画　岡﨑乾二郎
装　幀　大久保伸子

この作品は書き下ろしです。

奥田亜希子

1983年愛知県生まれ。愛知大学文学部哲学科卒業。2013年、「左目に映る星」ですばる文学賞を受賞しデビュー。『ファミリー・レス』『五つ星をつけてよ』『リバース&リバース』『青春のジョーカー』『魔法がとけたあとも』など著書多数。

愛《あい》の色《いろ》いろ

二〇二〇年二月二五日　初版発行

著　者　奥田亜希子《おくだあきこ》
発行者　松田陽三
発行所　中央公論新社
〒一〇〇-八一五二
東京都千代田区大手町一-七-一
電話　販売　〇三-五二九九-一七三〇
　　　編集　〇三-五二九九-一七四〇
URL http://www.chuko.co.jp/

DTP　平面惑星
印　刷　図書印刷
製　本　大口製本印刷

Published by CHUOKORON-SHINSHA, INC.
Printed in Japan　ISBN978-4-12-005271-2 C0093
定価はカバーに表示してあります。落丁本・乱丁本はお手数ですが小社販売部宛お送り下さい。送料小社負担にてお取り替えいたします。

単行本

わたしの良い子

寺地はるな

「どうしてちゃんとできないの？　他の子みたいに」。出奔した妹の子・朔と暮らすことになった椿。勉強が苦手で内にこもりがちな朔を、椿は無意識に他の子どもと比べていることに気づき……。寺地はるなの意欲作！

あとは切手を、一枚貼るだけ

小川洋子
堀江敏幸

きみはなぜ、まぶたを閉じて生きると決めたの——。かつて愛し合い、今は離ればなれに生きる「私」と「ぼく」。二人を隔てた、取りかえしのつかない出来事とは。小川洋子と堀江敏幸が仕掛ける、胸を震わす物語。

単行本